¡VIVIDOR!

Una novela de Los hermanos Walker

J.S. SCOTT

Autora en las listas de Bestsellers del NY Times & USA Today

¡Vividor!
Una novela de Los hermanos Walker   -

J. S. Scott

Traducción: Marta Molina Rodríguez

Título original: Player!: A Walker Brothers Novel
Copyright © 2018 de J. S. Scott
ISBN: 978-1-946660-78-7 (libro electrónico)
ISBN: 978-1-946660-79-4 (edición impresa)
Diseño de cubierta: Ashley Michel/AM Creations
Traducción: Marta Molina Rodríguez

ÍNDICE

CAPÍTULO 1

Sebastian

Desde el momento en que ambos entramos en el ascensor de la planta baja de Walker Enterprises supe que la deseaba, pero ni siquiera sabía cómo se llamaba. Fue rapidísimo; mi pene infrautilizado se puso duro como una roca en cuestión de unos instantes, cosa que no había ocurrido en el último año aproximadamente. Aquella reacción captó toda mi atención. Era poco habitual en mí. Simplemente, yo no era así.

«Bueno. Sí», reconocí para mis adentros. En mis días de fiestero, todo era un no dejar de beber, colocarme y mujeres ardientes deseosas de acostarse con alguien. Tengo que reconocer que por aquel entonces las complacía.

Pero ahora las cosas habían cambiado para mí. Me tomaba en serio mi puesto en Walker Enterprises y nunca había estado tan feliz con mi vida como lo había estado durante aquel último año. Encajaba. Tenía mi sitio. Me sentía como si por fin tuviera el control de mi propio destino y éxito personal. Tenía un objetivo y me sentía increíblemente bien. No necesitaba beber. No necesitaba hierba. No necesitaba... Joder, no podía decir exactamente que ya no necesitara a las mujeres, pero el deseo de forjarme mi reputación en Walker excedía por mucho el deseo de tener sexo.

«Hasta ahora mismo. Ahora. Esta mujer, este ascensor y esta erección instantánea», pensé. No era precisamente lo que quería en ese momento, pero en cuanto a la pregunta de si necesitaba a las mujeres, de pronto pensaba con el pene.

Era temprano, el principio de la jornada laboral, y todos los ascensores estaban abarrotados. Retrocedí hasta la esquina, junto a ella, para poder oler su perfume ligeramente floral y seductor. Era sutil, igual que ella. Sin embargo, desde el minuto en que estuve codo a codo junto a ella, era la primera mujer que había despertado cualquier clase de deseo en mí desde que me mudara de Denver a Texas para unirme a mi hermano en Walker.

No es que ella estuviera intentando atraer mi atención, ni ninguna mirada masculina, dicho sea de paso. Mis sentidos la percibieron, aunque ella parecía preferir todo lo contrario: ser invisible. Algo me divertía al ser el único tipo que pareció darse cuenta de que bajo aquella falta de tubo gris y gazmoña, camisa blanca y chaqueta a juego había una mujer digna de verse.

Estaba escondiéndose, angustiada por algo que le hacía querer distanciarse del mundo. Bien lo sabía yo. Había pasado por eso. Lo presentí casi de inmediato, pero no importaba. Por alguna razón, yo la tenía calada bajo ese camuflaje y me la imaginaba desnuda, retorciéndose extasiada mientras yo la jodía contra la pared del ascensor.

Vaya si sentía curiosidad por saber exactamente de qué secretos no quería que se enterase nadie. Era una mujer con curvas, pero nadie lo diría por la manera en que su chaqueta informe le cubría los pechos y la mayoría de lo que yo ya sabía que era un trasero torneado.

Su cabellera de ébano era larga, espesa y muy *sexy*. Lo sabía por el enorme moño que formaba sobre su nuca. Joder, era una mujer despampanante que necesitaba muy poco maquillaje con su piel lechosa y sin imperfecciones.

Había hecho todo lo posible para quitarle importancia a sus atributos físicos. Sin embargo, yo parecía no hacer otra cosa que fantasear sobre todos y cada uno de ellos. Estaba mirándola descaradamente, pero ella me ignoró por completo, aferrándose a su maletín y mirando al frente, como si ni siquiera se hubiera percatado de que estuviera de pie justo a su lado.

«¿Qué demonios?», me pregunté. «Las mujeres siempre me han prestado atención, tanto si la quería como si no».

Quizás, el hecho de que no respondiera a mi presencia era lo que tenía a mi miembro a punto de irrumpir por la bragueta del pantalón. En aquel momento, estaba actuando a nivel primitivo; caramba si no quería perseguirla y conquistarla, hacer que me viera.

Era diferente y eso me gustaba. Estaba centrando su atención en algo más importante para ella que cualquiera que subiera en el ascensor en ese preciso instante. «¿En qué estará pensando?», me pregunté.

Sin duda, su actitud me tenía intrigado por saber dónde tendría la cabeza en ese momento, porque decididamente no parecía estar estudiando a la gente que la rodeaba. Entiendo que la mayoría de nosotros intenta aparentar que no está mirando a los demás pasajeros; es algo que hacemos disimuladamente. Pero ella, no; estaba en su mundo.

Yo observaba cómo salía la gente cada vez que se detenía el ascensor a medida que ascendíamos lentamente hasta la última planta del edificio. Este hizo un alto en cada piso hasta llegar a las últimas plantas, que correspondían a las oficinas ejecutivas. Lo sabía porque mi despacho estaba en la última planta.

Para ser sincero, he de admitir que hacía bastante desde que una mujer ignoraba mi presencia completamente. Sobre todo cuando se enteraba de que yo era Sebastian Walker, socio multimillonario y copropietario de Walker Enterprises junto con mi hermano Trace.

Yo lo admitía sin engreimiento. Sólo es un hecho. Cuando un tipo tiene tanto dinero como yo y aún no ha llegado a los treinta, la mayoría de las mujeres lo ven como un buen partido. Me había ocurrido desde que cumpliera los dieciocho, hacía casi diez años.

Sin embargo, puesto que ahora llevaba casi un año trabajando en Walker con mi hermano Trace, la mayoría de las empleadas de nuestras oficinas aquí, en Denver, conocían mi reputación, o quizás debería decir mis viejas actitudes. Aquello hacía que muchas de ellas guardaran las distancias, lo cual me parecía bien. Sinceramente, creo que las que ya no intentaban engancharme eran bastante inteligentes. Yo no era precisamente muy amigo de tener relaciones formales. Era un vividor, un fiestero que nunca se había tomado en serio el trabajo hasta que tuve que crecer e invertir mi dinero en la empresa con Trace. Ahora que había vuelto a comprar en la corporación de mi difunto padre, estaba completamente comprometido, dedicado en cuerpo y alma a Walker Enterprises. Por desgracia, me precedía mi reputación y todavía eran muy pocas las personas que se habían dado cuenta de que era un hombre reformado.

Bueno... de acuerdo... *reformado* no era la palabra más precisa para resumir mi transformación. Seguía siendo el mismo tipo rico que nunca ha visto la pobreza y que en realidad no sabe cómo es ser normal. Pero renuncié a colocarme y a ser un vividor profesional. Demonios, ya casi nunca bebía, en muy raras ocasiones, lo cual me convertía en alguien sumamente aburrido para muchas mujeres. Pero estaba demasiado ocupado, la verdadera razón de por qué ya no era un vividor. Durante el último año más o menos, ni una sola mujer había conseguido desviar mi interés de los negocios desde que me asociara con Trace en Walker Enterprises... hasta aquel día.

Tenía que demostrar lo que valía, labrarme un lugar en la empresa, pero eso se me daba bien. Tenía un propósito: ser alguien valioso para Walker y aligerar un poco la carga de mi hermano mayor, Trace. También quería labrarme mi propio nicho en la compañía y convertirme en un valor para el conglomerado. Finalmente, Trace había sentado la cabeza y se había casado con una mujer que lo amaba de verdad. Eva era lo mejor que le había ocurrido en la vida a mi hermano mayor y se merecía relajarse durante una temporada.

Por suerte, yo también me había obsesionado con mi trabajo. Eso significaba que no añoraba mis días de estar borracho y colocado. Bueno, sí. Es posible que echara en falta tener sexo más a menudo, pero en realidad no lo había pensado hasta que ella entró en el mismo ascensor que yo aquella mañana. Ahora tenía el pene en rebelión por falta de uso y tuve que aflojarme la corbata del traje hecho a medida porque empezaba a hacer calor en el reducido espacio de la cabina, aunque se estaba bajando gente en cada planta.

—¿Te importaría hacerte a un lado? —preguntó de pronto la mujer en tono cortés pero firme mientras me apoyaba un codo suavemente en las costillas.

«¡Joder!», pensé. Tenía un tono de voz tan serio como su traje de señora mayor. Pero era un contralto ronco que sonaba increíblemente *sexy*, aunque estuviera apartándome de un codazo.

Quizás estaba demasiado cerca de ella, teniendo en cuenta que éramos los últimos que quedábamos en el ascensor. Me desplacé hasta el otro lado del pequeño espacio, desde donde la veía mejor apoyado contra la pared opuesta.

—¿Sigues subiendo?

—Sí —respondió ella bruscamente, por fin mirándome con unos bonitos ojos azules que estaban prácticamente vacíos de toda emoción, fríos como un día de invierno en Colorado. No me lanzó miradas coquetas. No pareció examinarme. Si acaso, es posible que me lanzara un breve destello de desprecio antes de eliminar toda semblanza de emoción de su rostro. Su falta de expresividad no me sorprendió. Estaba bastante claro que la tenía muy practicada.

No quedaban muchas plantas aparte de los despachos ejecutivos. Tuve que preguntarme dónde iba.

—¿Trabajas aquí?

Me lanzó una mirada dándome a entender que era una pregunta estúpida. Quizás fuera un poco ignorante, pues todo el edificio pertenecía a Walker y, sin duda, ella parecía ir camino de su trabajo.

—Sí. Es mi primer día aquí —respondió débilmente.

No era muy habladora, desde luego, pero ya lo había sospechado.

—Ah. Por eso no te conozco —respondí lanzándole mi sonrisa más encantadora, una que no había usado en mucho tiempo—. Sebastian Walker —me presenté educadamente con la mano tendida hacia ella.

Por alguna extraña y patética razón, quería que se impresionara de que fuera uno de los dos dueños de Walker Enterprises.

Ella dudó antes colocar sus dedos delicados entre los míos y me dio un firme apretón de manos mientras contestaba con tono profesional.

—Te he reconocido por la foto que hay en el vestíbulo. Soy Paige Rutledge. Y estoy segura de que sería imposible que estés familiarizado con todos los empleados del edificio.

Cierto. No lo estaba. De hecho, sería imposible que conociera a todos los empleados de Walker. Pero al menos conocía la mayoría de las caras que veía a menudo, que básicamente eran las de los empleados de las plantas superiores.

—¿Eres la secretaria ejecutiva de alguien?

La mujer resopló.

—No exactamente.

Sonreí. Me gustaba su actitud arrojada y su conducta misteriosa. Lancé una mirada a los dos números que aún permanecían iluminadas en el panel del ascensor. La planta superior era la mía. En la otra había despachos justo debajo del ático.

—¿Eres del Departamento Legal? —pregunté, convencido de que tenía que ser una secretaria del departamento legal. Yo todavía no había cumplido los veintiocho y, aunque ella tenía la compostura y el estilo de alguien más mayor, no parecía pasar de los veinticinco años.

—Sí —confirmó ella sin añadir nada más.

—Secretaria legal —asentí, seguro de que tenía que estar en lo cierto. Teníamos una planta entera compuesta de abogados y su personal administrativo.

Sus ojos se encontraron con los míos y me sorprendió su mirada de desaprobación. Paige dio un paso adelante cuando el ascensor se detuvo en su planta. En cuanto se abrieron las puertas, salió y, sin darse la vuelta, respondió mi pregunta:

—Se equivoca, Sr. Walker. Soy la nueva representante legal —respondió en tono altanero mientras sus caderas envueltas en lana se contoneaban ligeramente a medida que se alejaba del ascensor. Seguí observándola mientras se aproximaba a su despacho hasta que las puertas de metal se cerraron en mis narices.

—Ni siquiera se ha dado la vuelta —me dije perplejo—. ¿Qué clase de persona hace eso en presencia de uno de los dos hombres más importantes de la empresa?

En realidad, no estaba enojado. Estaba intrigado y su comportamiento me había inspirado más preguntas que respuestas. Paige Rutledge parecía concentrada, resuelta y lista para comerse el mundo. No creía tener que impresionarme a mí mostrándose aduladora. Había sido fría y cortés, pero decididamente no había mostrado interés. Yo no era quien la había contratado. Dan Hurst, el director jurídico de la compañía, hacía sus propias contrataciones. Trace y yo le dejábamos eso a los jefes de departamento excepto si se trataba de nuestros ejecutivos.

Intenté olvidar pensar en el extraño encuentro mientras mi pene volvía a su estado flácido. Su perfume quedó grabado en mi recuerdo, pero, con determinación, intenté cambiar el chip para disponerme a trabajar.

Mi estado de ánimo cambió cuando salí del ascensor en la planta donde Trace y yo teníamos nuestras oficinas. Sentí el mismo estallido de energía que llevaba sintiendo más de un año cada vez que entraba en los despachos ejecutivos, empezando a pensar en mis proyectos.

Como era ingeniero de formación y empresario por naturaleza, estaba muy entusiasmado con los proyectos de energías alternativas que empezábamos a acumular y a levantar. La energía solar y eólica siempre me habían apasionado y por fin podía poner mis habilidades a trabajar a lo grande. Walker no había hecho demasiado en estas áreas progresistas antes de mi llegada allí, pero estaba decidido a ponernos en la cima en tecnología y fabricación. Estados Unidos estaba por detrás de otros países en energía solar y, en mi opinión, deberíamos ser los líderes del sector. Teníamos tantísimos recursos sin explotar que crearían infinidad de puestos de trabajo que parecía casi criminal no haber desarrollado nuestra tecnología para asumir el liderazgo de la industria. ¿Recursos infinitos sin explotar y no estábamos abriéndonos camino a la independencia energética?

«Una puñetera vergüenza», me dije. Pero yo cambiaría eso con el paso del tiempo. Durante el último año, mi instinto no me había fallado y, poco a poco, Walker se estaba haciendo aún más rica que un año atrás.

Había sido necesaria una gran inversión y confianza por parte de mi hermano y socio para poner en marcha nuestra división de energías alternativas. Estaba resuelto a no hacer que se arrepintiera de hacer los cambios de los que yo le había persuadido. Hasta ahora, no se arrepentía.

Me sorprendí cuando pasé por el despacho de Trace, donde él ya estaba detrás de su escritorio. Aquellos días entraba tarde, probablemente porque tenía a una mujer cariñosa que lo hacía reacio a levantarse de la cama.

Yo no tenía ese problema en concreto. Saltaba de la cama cada mañana, listo para empezar otra jornada de trabajo. Parte de mi labor era comprar terrenos para tecnología, fabricación y enormes parques solares. Por aquel entonces, estaba planeando uno de los negocios solares más grandes del país, pero me había topado con un obstáculo a la hora de adquirir miles de hectáreas de terreno que quería para acumular, fabricar y desarrollar tecnologías aún mejores. Las instalaciones de esta empresa en particular requerían mucho espacio en una región soleada y yo había encontrado el lugar perfecto. Solo necesitaba convencer al dueño de que nos lo vendiera a un precio razonable. El problema era que estaba casi seguro de que sabía lo que estaba haciendo y de que quería parte de los futuros beneficios.

Me asomé rápidamente al despacho de Trace y dije en tono jocoso:

—¿Ya estás aquí? Eva debe haberte abandonado muy temprano esta mañana.

Trace levantó la cabeza del ordenador y sonrió tímidamente.

—Tenía una clase a las ocho.

La esposa de Trace ahora estaba en la escuela de cocina y era tremenda. Ya era una cocinera increíble. Solo podía imaginarme en qué se convertiría cuando terminara su formación.

—Debe de haber sido durísimo —respondí con muy poca compasión.

«¿Y qué si se ha quedado sin su sexo matinal?».

Mi hermano ya casi nunca llegaba pronto a trabajar, y el muy cabrón probablemente tenía un poco de acción temprano todas las mañanas. Suponía que más de una vez al día por el sentido del humor que gastaba últimamente. Mi pobre pene no había visto la luz del sol, aparte de cuando estaba solo en la ducha, desde hacía más de un año. No lo sentía porque Trace se lo hubiera perdido aquella mañana. Una mañana no iba a matarlo. Quería que fuera feliz, pero joder, no era como si estuviera a dos velas.

—Ha sido duro —gruñó Trace de buena gana—. Pero a Eva le encanta el curso, así que supongo que sobreviviré.

Me dejé caer en una silla cómoda frente a su mesa.

—Creo que aguantarás hasta esta noche. —«¡Dios!», pensé. Iba a ver a su mujer más tarde. Aunque me alegraba de que estuviera enamorado de la mujer adecuada, y yo adoraba a Eva, mi hermano estaba un poco obsesionado con su esposa.

—¿Cómo va el proyecto de Nuevo México? —preguntó Trace reclinándose en su silla, los ojos oscuros ahora centrados en mí.

—En modo de espera. Hoy debería recibir noticias de si han aceptado nuestra oferta o no. —Estaba entusiasmado ante la idea de conseguir la propiedad a un precio razonable para poder empezar a construir lo que habíamos planeado para el terreno.

Trace sacudió la cabeza mientras entrelazaba las manos sobre la nuca.

—Todavía no me puedo creer cuánto has cambiado. Nunca me contaste que estabas investigando energías alternativas ni cuánto te gustaban las tecnologías solares y eólicas.

No era la primera vez que mi hermano mayor sacaba ese tema en concreto. Normalmente lo ignoraba. Aquel día, no lo hice.

—Joder, tampoco iba a pasarme todo el día colocado. No he cambiado tanto. Sí, no bebo mucho, y dejar la hierba no fue muy difícil. Siempre he querido saber dónde estaba mi lugar. Simplemente he tardado un poco en llegar aquí.

—¿Por qué nunca me hablaste de la investigación que estabas haciendo entre fiesta y fiesta?

Me encogí de hombros.

—¿Habría importado? Todavía estaba jodido.

—Habría supuesto una diferencia para mí —respondió Trace enérgicamente—. Podríamos haberlo resuelto todo antes.

—No estaba preparado —insistí yo—. Tenía que crecer, joder.

—Fui un lastre para ti —sugirió Trace con remordimiento—. Debería haberte preguntado qué querías antes de vender los terrenos de papá.

—No fue tu culpa —respondí con sinceridad. Mi antigua forma de vida no era responsabilidad de Trace en absoluto. Él era joven, muy joven, cuando tomó el control de Walker Enterprises a la prematura muerte de mi padre. Yo seguía en la universidad. Entonces, ni yo mismo sabía lo que quería. Para cuando dividió las propiedades de nuestro padre, yo era multimillonario antes de haberme graduado siquiera. Durante mi duelo tras la pérdida de nuestro padre en un accidente de avión siendo aún tan joven y después de que mi hermano pequeño Dane se librara de la muerte por muy poco, yo fui un cobarde. Me refugié en el alcohol y en un sinfín de fiestas al terminar la universidad. Para cuando descubrí que no quería seguir sintiendo lástima de mí mismo, ya me había unido a una panda de ricos e inútiles. Vivir así se volvió muy aburrido muy pronto, pero Trace dirigía Walker y yo no sabía donde encajaba.

Ahora lo sabía. Podía aplicar todo el trabajo que había hecho solo, volcar mis esfuerzos en marcar la diferencia en lugar de ser un perdedor que sabía muchísimo sobre energía solar y eólica pero no estaba haciendo absolutamente nada para contribuir a mejorar el mundo con mi investigación.

—Esta empresa era de papá. Siempre deberíamos haber sido socios —insistió Trace—. Sé que Dane no quiere tener nada que ver con ella, pero debería haber esperado a que tú tomaras la decisión al terminar la universidad. Podrías haber aportado muchísimo desde el principio. Yo no sabía una mierda sobre esa clase de tecnologías y estábamos ganando tanto dinero en otras empresas que no me molesté en aprender. Tienes razón. Es el futuro. Walker Enterprises necesitaba adentrarse en el crecimiento futuro.

—Te dije que no me importaba —contesté yo. Cuando Trace necesitaba vender mi parte de las propiedades de nuestro padre, yo seguía en la universidad y estaba tan destrozado por la muerte del último progenitor que me quedaba que estaba prácticamente anestesiado.

—No debería haberme creído ni una palabra de lo que dijiste. Todos estábamos conmocionados. Eras muy joven...

—Como si tu fueras mucho mayor —repliqué reclinándome en la silla con una sonrisita. El propio Trace ni siquiera había terminado la universidad. Tuvo que terminar su Máster en Dirección de Empresas mientras dirigía la compañía y vendía las propiedades de papá.

Trace me devolvió la sonrisa.

—Supongo que tendremos que crecer juntos. Ya he aprendido mucho de ti acerca de mirar hacia las tecnologías del futuro. Lo siento, Sebastian. Es bueno tenerte aquí, en Denver. Y tu talento es inestimable.

Trace me había extrañado, igual que yo a él. Me gustaba Colorado. Aunque ha sido difícil vender las propiedades de mi padre y otras participaciones en Texas, había liquidado mis bienes para volver a comprar mi participación en Walker, donde estaba mi lugar.

Después de la muerte de mi padre, me había quedado demasiado aislado y anestesiado. No me había dado cuenta de lo importante que era mi familia para mí. En realidad, mis hermanos eran lo único que tenía. La movida de fiestas de ricos era una ilusión que rápidamente se volvió vacía y me puso en una espiral descendente.

Le debía una a mi hermano por arrastrarme de vuelta al mundo real. Era una deuda que sabía que nunca podría devolver. Mis días eran ajetreados pero útiles. Eso me gustaba mas de lo que nunca habría imaginado. Me encogí de hombros:

—Me encanta lo que estoy haciendo aquí y no nos metemos en el terreno del otro.

Trace nunca había tenido ningún interés por hacer lo que hacía yo, aunque hacía preguntas y enseguida se percató de hacia dónde teníamos que ir. Él trabajaba en otros campos, lo cual nos convenía a ambos.

—Trabajas demasiado —observó Trace—. ¿Hasta qué hora te quedaste anoche?

Había estado en la oficina hasta bien pasada la medianoche, obsesionado con conseguir un buen trato para la finca de Nuevo México.

—No muy tarde —dije dándole una larga.

—Y una mierda —respondió Trace sin rodeos—. Llamé a tu casa a las nueve y no me cogiste el teléfono.

—Puede que tuviera una cita.

—No la tenías. Joder, ni siquiera has salido lo suficiente en Denver como para conocer a nadie.

—Quizás estaba tirándome a una secretaria de la cuarta planta con un cuerpazo —bromeé; de pronto recordé a la mujer que sí había conseguido ponérmelo duro a primera vista aquella mañana—. Me he encontrado a la nueva abogada esta mañana en el ascensor.

—¿Tenemos una nueva? —inquirió Trace.

No me sorprendió que no lo supiera. En la empresa se contrataba y se despedía a gente todo el tiempo sin que nos enterásemos siquiera.

—Sí. Parece una chavala. Se llama Paige Rutledge. No puedo creer que sea lo bastante mayor como para ser abogada. A lo mejor estaba tomándome el pelo.

Trace se inclinó hacia delante y empezó a teclear en el ordenador, concentrado en encontrar lo que quería antes de responder.

—Cumple veintisiete dentro de un mes. Se graduó pronto del instituto y se sacó la licenciatura en tres años. Después de eso fue directamente a la facultad de derecho de Harvard. —Titubeó mientras leía algo en la pantalla—. Tiene unas recomendaciones bastante impresionantes.

—Así que además es brillante —dije descontento. Tal vez había estado esperando en secreto que fuera un fraude para que no se me pusiera duro el pito cada vez que pensaba en ella.

—¿Además? —Trace alzó una ceja con suspicacia—. Debe de estar buena —concluyó.

Por alguna razón, en realidad no quería hablar de Paige. Sinceramente, quería olvidar la extraña reacción de mi cuerpo ante ella.

—Es atractiva, pero no de forma evidente. Me habría ignorado por completo si no le hubiera hablado yo primero.

—¡Ay! ¿Ha dolido? ¿Es la primera vez que te ignoran? —dijo Trace en tono burlón.

—Ha sido raro. Ya sabes cómo suelen reaccionar las mujeres cuando andamos cerca.

—Yo no estoy disponible. Las empleadas lo respetan. Pero sí, incluso los empleados intentan ser excesivamente amistosos.

—Me pidió que le dejara espacio en el ascensor —reconocí.

Trace sonrió de oreja a oreja.

—A lo mejor no le gustan los hombres.

Yo sacudí la cabeza.

—No creo que ese sea el problema. —Sentía una extraña química entre Paige y yo. Estaba dispuesto a reconocerlo. Por desgracia, ella no lo estaba.

—Te ha fastidiado —decidió Trace—. En serio, ¿puede que esté casada o saliendo con alguien?

—No llevaba anillo. —De hecho, no le había visto joyas de ningún tipo, excepto unos diminutos pendientes de broche—. No creo, pero no estoy seguro. Y no, no me ha fastidiado —negué, mintiendo tanto a mi hermano como a mí mismo—. Solo creo que se ha comportado de forma extraña para ser nueva. Suelen estar sumamente ansiosos por causar buena impresión. Joder, ni siquiera ha sonreído.

—Quizás estaba nerviosa.

Recordando el contoneo de sus caderas curvilíneas y su tono de seguridad en sí misma, acabé respondiendo:

—No. Sonaba como si tuviera perfecto dominio de sí misma.

—Creo que quizás deba bajar al departamento legal más tarde a ver a la nueva empleada que ha conseguido que pienses en algo aparte de la empresa —musitó Trace—. No has hablado de mujeres desde que te mudaste a Denver.

—¡No! Olvídalo. Solo es una abogada subalterna. No merece tu tiempo. —No quería que Paige fuera amable con Trace cuando no lo había sido conmigo. Era inmaduro, pero codiciaba muchísimo la atención de Paige y ni siquiera la conocía. «¡Dios!», pensé intentando recordar la última vez que me había puesto celoso, pero no conseguí recordar a una sola mujer en toda mi vida a la que hubiera querido toda para mí. Francamente, era posible que reaccionara ante Trace de la misma manera en que había reaccionado conmigo. Pero tenía la sensación de que no lo haría. Ese fue el momento en el que tuve que reconocer para mis adentros que tal vez simplemente pensara que yo era un cretino.

Trace era mi hermano y era completamente leal a su mujer, pero, por alguna razón, la idea de que Paige fuera más cordial con él que conmigo me molestaba de veras.

Probablemente se debía al hecho de que, decididamente, sentiría más respeto por Trace que por mí, el antiguo vividor y niñato rico malcriado. No me cabía duda de que probablemente había oído hablar de nosotros durante su entrevista y sesión de orientación al empleado. Si no había oído los rumores ahí, desde luego yo no había hecho un secreto de mi pasado. Estoy seguro de que fui una vergüenza para Trace en más de una ocasión cuando las historias se hicieron de dominio público.

—Te tiene atrapado por las pelotas —bromeó Trace.

—Creo que necesito sexo —confesé. Hace más de un año. Supongo que empiezo a fijarme.

—Más de un año debe de ser una especie de récord para ti. Quizás necesitas empezar a tener citas.

Era un récord, pero no le dije a Trace que tenía razón. Había sido un picaflor durante mis años de fiestero, buscando deliberadamente otras chicas amantes de la fiesta que solo quisieran lo miso que quería yo. En su mayoría, había olvidado a las mujeres a las que me había llevado a la cama. Solía tener demasiada resaca y era muy infeliz como para recordarlo.

—He estado ocupado —le respondí a la defensiva.

—Demasiado ocupado —me reprendió mi hermano—. Encuentra a una buena mujer y acuéstate con ella tan a menudo como sea posible. Lo recomiendo encarecidamente.

Claro que lo recomendaba. Ahora Trace tenía una vida fantástica y a Eva para darse prisa en volver a casa todas las noches. Yo ni siquiera tenía un perro. Todo lo que me saludaba cuando llegaba a casa era el sonido del silencio más absoluto.

—Puede que empiece a pensármelo —respondí con una evasiva. Me levanté para ir a mi despacho—. De momento, lo que necesito es ponerme a trabajar.

—¿Sebastian? —me llamó Trace cuando estaba a punto de salir por la puerta.

Me volví.

—¿Sí?

—Cuando conozcas a la mujer adecuada, lo sabrás. Si hubiera sido sincero conmigo mismo antes, habría reconocido que supe que Eva iba a ser la que me arrojara al abismo poco después de conocerla.

Ninguna mujer me volvería nunca tan loco como lo estuvo Trace. Nuestra forma de ser era completamente diferente. Yo no me ponía loco de celos; ni siquiera me importaba una mierda con quién se estuviera acostando una mujer. Yo no era así.

—Todavía no ha ocurrido —le dije al salir de su despacho.

—Eso mismo dije yo. No era la clase de hombre que se enamora perdidamente de una mujer. Nunca me había ocurrido. Pero no había conocido a Eva. Ten cuidado con lo que dices. Puede que un día te pille por sorpresa.

Sabía que hablaba de enamorarse, algo que yo nunca había experimentado y que estaba casi convencido de que no existía. Yo era un hombre de ciencias. De ninguna manera me inclinaba a pensar que solo había una mujer ahí fuera que pudiera hacerme feliz. En el mundo había más de siete mil millones de personas, lo cual hacía muy remota la posibilidad de que conociera a esa singular mujer que supuestamente existía solo para mí.

Aunque tampoco me preocupaba conocer a una mujer y enamorarme. No me preocupaba. Estaba perfectamente satisfecho siendo soltero.

Desde que maduré y abandoné mi estilo de vida sin sentido, el trabajo me consumía. Nada podía competir con la euforia de cerrar un trato o emprender un nuevo proyecto.

Mi hermano mayor estaba hecho para el matrimonio y, tarde o temprano, para tener una familia. Yo no. Yo era un capullo cuando era un vividor y ahora seguía igualmente desinteresado en cualquier clase de relación.

Sin embargo, no me importaría acostarme con alguien de vez en cuando.

Después de un breve saludo de mi asistente, me senté en mi despacho con vistas al centro de Denver. Casi de inmediato, comprobé mi horario en el ordenador y me sumergí en el trabajo. Apenas me percaté cuando mi ayudante me trajo un café, a pesar de que le había dicho en numerosas ocasiones que eso no formaba parte de su trabajo.

Dándome la vuelta, por fin di un sorbo al líquido templado y exhalé satisfecho, a sabiendas de que la cafeína pronto entraría en mi organismo. No es que necesitara espabilarme, pero era bastante adicto a la cafeína, que básicamente era mi única adicción aquellos días.

Estiré la mano hacia el platillo de caramelos que tenía sobre la mesa, debidamente abastecido por la misma asistente que me había traído el café. Como había llegado a conocerme, todos los caramelos del cuenco eran de mantequilla.

—Azúcar y cafeína —murmuré, al darme cuenta de cuánto me contentaban las pequeñas cosas últimamente.

Volví al trabajo y perdí toda noción del tiempo mientras planeaba lo que quería conseguir a lo largo de la semana siguiente.

Por desgracia, no conseguí sacarme de la cabeza un par de ojos fríos del color del océano en todo el día.

CAPÍTULO 2

Paige

«¡Será arrogante el muy imbécil!», me dije. Intenté con todas mis fuerzas no pensar en el breve encuentro con uno de los dos dueños de Walker Enterpries; sabía que tenía que haberme mostrado más cordial. Pero la actitud encantadora de Sebastian Walker y la manera en que me había mirado me pusieron a la defensiva casi de inmediato. Su simpatía no había resultado cómoda. Principalmente, me recordaba a todos los pijos ricos a los que había llegado a detestar. Malcriados. Creyéndose con derecho a todo. Dispuestos a acostarse con cualquier mujer que quisieran y capaces de hacerlo. No obstante, yo estaba sudando para cuando salí del ascensor, desconcertada por su saludo y sonrisa abiertos, pero espantada por la manera en que me había estudiado de arriba abajo como si intentara decidir si merecía la pena acostarse conmigo.

Volví mi atención al archivador que tenía en mi escritorio, un contrato de propiedad que tenía que completar. Me encantaban los contratos y documentos legales. No se podía cuestionar la palabra escrita. Las cosas, o se ponían por escrito o no. Todo estaba explicado con lujo de detalle, el documento era absolutamente claro en cuanto a los términos si se escribía correctamente. Mi trabajo era asegurarme de que el contrato fuera perfecto.

Miré el reloj y me percaté de que casi eran las cinco de la tarde. Había comido en el despacho mientras redactaba los contratos que había que emitir, prestando especial cuidado al escudriñar la jerga. La redacción era importante y no quería dejar a Walker Enterprises en una posición de vulnerabilidad a la vez que trataba de dejar un poco de espacio para moverse en caso de necesitarlo en el futuro.

Un aleteo vertiginoso en el estómago me recordó que realmente estaba allí, en Walker Enterprises, lista para emprender mi carrera de abogada. Tenía un plan y la firme intención de asegurarme de que mi vida fuera de acuerdo con lo planeado. Mi primer objetivo era llegar a la cima del departamento y algún día llegar a ser la directora jurídica de Walker Enterprises, un puesto que en la actualidad ostentaba Daniel Hurst. Era un abogado muy respetado, un hombre que acabaría jubilándose en unos años. Para entonces, quería estar en la cima de la escala corporativa, en lugar de escribiendo y revisando contratos.

No es que no me sintiera agradecida por mi puesto de principiante en Walker. Nadie se había quedado más pasmado que yo cuando conseguí un trabajo en una compañía de prestigio como Walker Enterprises, especialmente teniendo en cuenta mi falta de experiencia.

La mudanza desde la costa este había transcurrido sin incidentes, pero tenía que reconocer que había estado nerviosa antes de empezar mi trabajo. El apartamento nuevo era demasiado silencioso y extrañaba con locura a mi mejor amiga, Mackenzie. No tenía amigos aquí, en Denver, así que separarme de Kenzie después de tantos años juntas en nuestro pequeño apartamento en Cambridge era una tortura. Kenzie había aceptado un trabajo en Nueva York, así que dejó nuestro apartamento unos meses antes que yo. Yo quería algo en derecho empresarial, de modo que me presenté para todos los puestos disponibles que encontré, en algún lugar lejos de la costa este. Había esperado alguna respuesta, pero nunca de una compañía tan enorme como Walker.

Me despedí con la mano de algunos de los abogados que había conocido antes cuando pasaron por mi despacho al marcharse. Incluso el Sr. Hurst salía por la puerta. Cuando todo el mundo se hubo marchado, me senté en el despacho silencioso, segura de que era la única persona que quedaba en la zona.

Bajé la cabeza y me perdí en el trabajo, sin permitirme pensar en marcharme. Técnicamente, debía irme a casa. Pero no había nada ni nadie esperándome allí. En realidad prefería estar en la oficina.

—Joder, ni siquiera tengo un gato —murmuré para mí misma mientras miraba de mis notas a la pantalla del ordenador, intentando asegurarme de que la redacción era exactamente como quería.

Cuando imprimí el contrato final que se me había asignado y apagué el ordenador, ya era de noche y pasadas las nueve. Me gruñía el estómago por no haber cenado, pero por lo demás estaba satisfecha. El jefe estaría contento. El Sr. Hurst había dado por hecho que los contratos me mantendrían ocupada durante varios días. Había terminado en un día y estaba preparada para pasar a otra cosa.

Salí animada del despacho, como si hubiera logrado todo lo que podía en mi primer día. Iba a llevarme muchas horas de trabajo ascender en la compañía, pero estaba por la labor de hacerlo. ¿Qué otra cosa tenía que hacer? Ascender formaba parte de mi plan y era lo siguiente en mi lista de objetivos.

Mientras caminaba hacia el ascensor, sonreí levemente pensando en cómo bromeaba Kenzie sobre mi falta de vida social. Había tenido que trabajar mientras estudiaba derecho, y había estudiado mucho. No podía permitirme salirme de mi camino. La concentración era lo único que me ayudaba a pasar el día.

Antes de empezar la licenciatura, era mucho más sociable e iba a muchas fiestas. Entonces, un día horrible, todo cambió. Para cuando entré en la facultad de derecho, lo único que quería era tener el control de mi vida. Y lo tomé.

«Puede que ya no sea el alma de la fiesta, pero no importa», me dije. Una de las puertas del ascensor se abrió con un zumbido, haciéndome volver sobresaltada a la realidad para apresurarme hacia el ascensor. Me detuve poco antes de entrar cuando vi a Sebastian Walker con aspecto agotado apoyado contra la pared del fondo, sonriendo con satisfacción al verme.

«¡Mierda! ¡Qué casualidad que terminemos en el mismo ascensor… otra vez!».

—No muerdo, Paige, a menos que quieras que lo haga —dijo con un barítono grave que reptó por mi columna lentamente.

Todo en Sebastian me hacía sentir incómoda, pero su acento tejano, grave y lento, se había convertido en mi debilidad al instante. Era evidente que tenía estudios superiores y su acento sofisticado era distinto: suave, pero no completamente controlado.

Lo único que quería era dejar que las puertas se cerraran y tomar el siguiente ascensor disponible para bajar. Pero no lo hice. No tenía absolutamente ningún motivo para evitar a Sebastian Walker, o eso me decía a mí misma. Levanté la barbilla y entré en el pequeño espacio. Me quedé cerca de la puerta y apreté el botón del vestíbulo como una estúpida, aunque ya estaba iluminado. Lógicamente, sabía que tocar el botón del panel hasta la saciedad no haría que las puertas se cerraran más rápido ni que el ascensor fuera más deprisa. De hecho, seguir apretando el botón de una planta que ya estaba marcada era algo increíblemente ignorante, pero Sebastian Walker me ponía nerviosa, joder.

Por fin dejé de apretar el botón iluminado como una rarita y me volví levemente para saludar a la única persona que había en el ascensor.

—Sr. Walker —dije con una inclinación de cabeza.

—¿Cómo ha sido tu primer día? —preguntó educadamente—. ¿Por qué sigues aquí? En legal todos salen hacia las cinco.

Parecía… diferente. Tal vez fuera porque se había aflojado la corbata y llevaba la chaqueta sobre el hombro. Iba remangado, como si hubiera estado trabajando, y sonaba más informal, quizás porque se estaba haciendo tarde.

Había llegado a la misma hora que yo por la mañana. ¿Era posible que hubiera tenido un día largo?

—Bien —respondí con pocas palabras—. ¿El tuyo?

Me lo imaginé persiguiendo a su secretaria todo el día alrededor del escritorio hasta que por fin la atrapaba y tenían sexo en la mesa. Pero, por alguna razón, la imagen no se me quedó grabada.

No dudaba que Sebastian Walker era un don juan de la cabeza a los pies, como se le había etiquetado. ¿Cómo no iba a serlo? Sí, estaba bastante segura de que los rumores que había oído sobre él eran verdad, porque había oído hablar de su comportamiento por más de una fuente.

Tenía un cuerpo hecho para el pecado, alto y tremendamente tonificado, intrigantes ojos color avellana y un pelo espeso, castaño claro que tentaría a una mujer a clavarle los dedos en los mechones recortados para ver si eran tan sensuales al tacto como parecían.

Aun así, en ese preciso momento, en realidad parecía un poco vulnerable y más accesible.

—Ocupado —respondió finalmente a mi pregunta—. Pero bien. Estoy haciendo progresos en nuestros intereses en energía solar. Así que ha sido un día productivo.

Lo miré boquiabierta.

—No sabía que Walker estaba tan interesada en las energías alternativas.

Walker Enterprises era un conglomerado muy importante, pero no había visto nada ni remotamente parecido a energías alternativas en el perfil de la empresa.

Sebastian se encogió de hombros.

—No lo estaba antes de unirme a Trace. Se está desarrollando y ampliando ese sector. Ahora mismo, gran parte de mi trabajo consiste en buscar los recursos para que podamos hacer lo necesario para convertirnos en líderes mundiales en tecnología y desarrollo.

—¿De verdad trabajas? —«¡Mierda!», pensé. No pretendía decir eso en voz alta. Incluso mi tono de voz había sido insultante, de sorpresa mezclada con una buena dosis de incredulidad.

De alguna manera, no lo había visto como la clase de hombre que se partía el lomo por su compañía. Había oído cosas buenas sobre Trace Walker, pero de Sebastian... no tanto.

Su carcajada repentina resonó en el pequeño espacio de la cabina.

—¿Por qué otra razón iba a estar aquí? No suelo organizar orgías masivas en mi despacho precisamente. Es grande, pero no tanto. Al contrario de lo que puedan pensar algunas personas, trabajo duro para hacer lo mejor posible por Walker Enterprises. Es nuestro legado familiar. Tal vez no deberías creer todo lo que oyes, Paige.

Lo que había oído era que Sebastian Walker se llevaba a la cama una mujer diferente cada noche de la semana. Que era un multimillonario malcriado e inútil que viajaba por todo el mundo en busca del siguiente fiestón.

—Lo creía. Lo siento. —Me sentí un poco mal al ver su gesto cansado. Era evidente que había una parte de Sebastian Walker de la que nunca había oído hablar.

Ahora que las puertas se habían cerrado, bajábamos y me sentí un poco triste por haberlo juzgado basándome únicamente en rumores. Era un remordimiento sincero. Lo había juzgado porque era rico, era conocido por ser un vividor y tenía mala reputación. Eran rumores y normalmente yo no era la clase de persona que juzgaba basándose en las opiniones de los demás.

Tal vez tuviera mis motivos para odiar a los hombres ricos, malcriados y petulantes, pero no podía seguir metiendo a todos los ricos en el mismo saco.

Él le restó importancia a mi disculpa.

—Yo me lo busqué. Demasiados años actuando como un imbécil. Ahora tengo que demostrar lo que valgo en Walker.

—No tienes que demostrarle nada a nadie. Es tu empresa —lo defendí —. Así que, ¿en realidad no te has acostado con innumerables mujeres y faltado a tus responsabilidades?

«Ay, Dios, en serio, tengo que cerrar el pico, de verdad», me dije. La vida personal de Sebastian Walker no era asunto mío, pero mi puñetera curiosidad estaba haciendo que me metiera en un charco. Si no tenía cuidado, mi inusual franqueza podría hacerme perder mi nuevo puesto.

Él sonrió de oreja a oreja.

—No he dicho eso. Lo hacía. Ya no lo hago.

Me pregunté si se refería a que ya no se acostaba con montones de mujeres o si estaba respondiendo a la parte acerca de sus responsabilidades. Pero no importaba. Su vida sexual no era asunto mío.

«Cállate, Paige. ¡Cállate ya!», pensé.

Me rugió el estómago mientras permanecíamos en silencio, un rugido que ya no quería ser ignorado. Me llevé la mano al estómago.

—Perdón.

—¿Has comido hoy? —preguntó Sebastian en tono de desaprobación.

Asentí.

—El almuerzo. Pero ya hace tiempo.

—Yo también me muero de hambre. ¿Quieres ir a cenar algo conmigo?

Su sonrisa encantadora volvía a estar en su lugar, pero parecía más accesible, más auténtico. No estaba segura de si se trataba de mi imaginación o si realmente era más atractivo al final de la jornada de lo que había sido por la mañana.

Su aroma masculino cruzó el espacio reducido y lo respiré, adorando el olor a lino almidonado, fuerza masculina y un aroma almizclado que no conseguía situar. Era todo él. «Sebastian». Su fragancia permaneció en el aire entre nosotros, como un afrodisiaco.

Era extraño, pero juraría que olí un toque a mantequilla. Por desgracia, me encantaba todo lo que fuera de mantequilla, así que eso hizo que su perfume fuera aún más dulce.

Solo me permití absorberlo durante un momento antes de volver en mí y recordarme que él era todo lo que no me gustaba. Era rico. Había sido un vividor. E, innegablemente, era uno de los hombres más guapos que había visto en toda mi vida.

—No puedo —me negué. Era una abogada subalterna, una novata en su compañía. No necesitaba que me vieran en ningún lado con él a menos que se tratara de negocios. La gente hablaría. Además, él era rico y poderoso, dos cosas que me ponían nerviosa de una manera muy poco sana.

—¿Por qué? —preguntó con curiosidad—. No te estoy pidiendo que me dejes joderte, aunque sin duda, no me negaría si quisieras. Solo es una cena para dos hambrientos.

Me encogí de hombros ante su franqueza, pero su voz ronca evocó imágenes muy ardientes de un encuentro apasionado que no podía quitarme de la cabeza.

—Es tarde. Tengo que volver a casa. —Como si estuviera desesperado por acostarse con alguien. Probablemente, un tipo como él tenía a las mujeres a sus pies. No me engañé ni por un segundo pensando que un hombre como él de verdad quisiera acostarse conmigo. Podía tener a cualquier mujer que quisiera.

Se me ocurrió que aquella era una conversación muy poco apropiada con el jefazo durante mi primer día en la empresa.

El ascensor se detuvo y Sebastian me hizo un gesto para que saliera delante de él.

El vestíbulo estaba vacío, a excepción del guarda de seguridad sentado en el mostrador de la recepción. Sebastian alzó la mano a modo de saludo y su empleado le devolvió el saludo con una sonrisa.

—No tienes que volver a casa —afirmó Sebastian abiertamente—. Lo que pasa es que no quieres que te vean conmigo.

Me volví y lo miré a la cara.

—Sinceramente, no quiero. Acabo de empezar aquí; es la oportunidad de toda una vida y no quiero estropearlo. Quiero que las cosas sigan sin complicaciones. —Eso era un eufemismo. Generalmente, evitaba a los hombres como Sebastian como a la peste.

—¿Qué hay de complicado en la comida? Eres nueva en la ciudad y tenemos hambre. Yo tampoco tengo muchos amigos aquí. Me desarraigué el año pasado para venir aquí, pero lo único que hago es trabajar. Solo es una cena.

—¿Cómo has sabido que soy nueva en la región? —inquirí, preguntándome cómo sabía nada sobre mí. Por lo que él sabía, podía ser lugareña.

Sonrió travieso, un gesto que era casi irresistible.

—Soy el dueño de la compañía —respondió sencillamente.

Sentí pánico, preguntándome qué más sabía. Mudarme de una punta a la otra del país era mi huida del pasado. Un nuevo comienzo.

—¿Qué más has averiguado? —pregunté en voz alta mientras jugueteaba con el bolso.

—Sé que eras una estudiante modelo con notas prácticamente perfectas...

—¿Prácticamente? —inquirí.

—De acuerdo, perfectas. Pero sacaste un notable alto en la licenciatura.

Me sentía orgullosa de mi alto rendimiento que me había valido todo sobresalientes y becas para abrirme camino en la universidad con mucho esfuerzo.

—Filosofía. Mi profesor me odiaba porque hacía demasiadas preguntas —dije a la defensiva.

—A veces no hay respuestas concretas.

—Pero, ¿por qué pensar en algo que no tiene una respuesta definitiva? Me gustan los misterios que tienen solución.

Sebastian se echó a reír y el sonido hizo que mi corazón diera saltitos de alegría. Me estaba afectado y no tenía ni idea de por qué.

—No eres tan pragmática, —respondió él en tono divertido.

Me sorprendió, probablemente porque había un poco de verdad en sus palabras. Hubo un tiempo en que fui una soñadora, pero hacía mucho de aquello y esa parte de mí había desaparecido.

Miré el reloj, un hábito nervioso, pero era algo que hacía a menudo para mantenerme puntual y centrada. Por desgracia, llevaba la muñeca desnuda. De alguna manera, se me había perdido el reloj mientras me mudaba y todavía no lo había reemplazado. Ahora mismo, sin duda era un gesto de pura incomodidad.

No podía permitir que siguiera indagando sobre mi vida, ni siquiera sobre cosas sin importancia. Teníamos que mantener la conversación breve y profesional.

—¿Tiene alguna otra observación o ya puedo marcharme, Sr. Walker?

—Si querías mirar la hora, son las nueve. ¿Cenamos? —preguntó con tono lisonjero.

—No —respondí secamente. No solo era incómodo estar con un hombre como Sebastian Walker, sino que su mirada parecía sondearme como si intentara descifrarme.

Ocultar bien todo, todas mis emociones, se había convertido en costumbre. Nunca me entendería. A veces ni siquiera yo alcanzaba a comprender parte de mi personalidad desde que cambiara tan abruptamente. Lo último de lo que quería hablar era de mí o de mi pasado. Quería mirar hacia el futuro.

—Lo único que he visto ha sido tu currículum y tus referencias —reconoció—. No sé nada de tus profundos y oscuros secretos, y en realidad tampoco quiero saberlo ahora mismo. Lo que quiero es comer algo. Contigo.

Tragué saliva cuando por fin lo miré directamente a los ojos. Durante un breve instante, cruzamos una mirada de comprensión. De alguna manera, él supo que yo me sentía incómoda con él e intentaba calmar mis miedos. Pero yo no tenía miedo de él. No exactamente. No temía por mi seguridad física. Pero tal vez sentía recelos de la manera en que había reaccionado ante él. Estaba tensa y una necesidad profundamente arraigada parecía hacerme querer estar más cerca de él al mismo tiempo que la razón me apartaba.

Sebastian era guapo, pero no era únicamente su aspecto lo que hacía que quisiera pasar más tiempo con él. Quizás él fuera tanto un misterio para mí como yo lo era para él, pero hubo algo cuando seguimos mirándonos fijamente a los ojos.

«Se siente solo», me percaté. Sólo de pensar que un multimillonario tan atractivo como Sebastian necesitara compañía estuve a punto de echarme a reír ante la idea errante. Pero parecía cierta en cuanto a mis sospechas. Y también tenía la sensación de que él me entendía. Al final, aunque anhelaba ir con él, mi lado racional ganó, como siempre.

—Buenas noches, Sr. Walker —dije con voz temblorosa mientras daba media vuelta y apartaba la mirada de su expresión fascinante.

—No voy a dejar de intentarlo, Paige —me advirtió cuando me volví para salir del edificio.

Después de haber salido por la puerta corredera, susurré para mí misma:

—No voy a dejar de decir que no. —Se trataba más bien de un voto que de una afirmación.

Ese vínculo momentáneo, la química que había entre nosotros, tenían que ser ignorados. Yo tenía grandes objetivos y no iba a dejar que mi aparente deseo por Sebastian Walker me detuviera después de haber trabajado tanto durante los últimos años. Me sorprendió mi reacción física ante él, pero reconocí para mis adentros que existía. Simplemente no podía darle tanta importancia. Me estremecí cuando entré en el aparcamiento, casi segura de que alguien me observaba. Volviéndome, miré por encima del hombro y empecé a caminar más deprisa; después bajé el ritmo cuando vi a Sebastian observándome mientras me apresuraba hacia mi coche.

CAPÍTULO 3

Paige

—Por Dios, Paige, si está tan bueno, enróllate con él —refunfuñó Kenzie cuando hablábamos por teléfono al término de mi primera semana en Walker.

Se lo había contado todo. Me había encontrado unas cuantas veces más con Sebastian durante los últimos cinco días, pero me había esforzado por ser completamente profesional. Como de costumbre, él se limitó a sonreír de oreja a oreja como si supiera algo que yo no sabía; era absolutamente desconcertante. ¿Se daba cuenta de que mi cuerpo reaccionaba cada vez que lo veía?

—No puedo acostarme con él sin más, Kenzie. Él y Trace son los dueños de toda la condenada empresa. —Mi mejor amiga no entendía cómo no me rascaba ese picor, aunque la relación con Sebastian se volviera incómoda cuando lo hubiera hecho.

Eso por no mencionar el hecho de que nunca había tenido un rollo de una noche. No intencionadamente, en cualquier caso. Había salido con un par de chicos en la universidad, pero el sexo había sido incómodo, más que placentero. Las dos relaciones habían terminado después del primer encuentro sexual.

La sugerencia de Kenzie era curiosamente tentadora. Por lo general, evitaba todo enredo. Decididamente, no quería tener una relación. Pero tenía una comezón que necesitaba rascar. En ocasiones interfería con mi concentración. Por desgracia, tenía la sensación de que solo había un hombre que pudiera aliviar mi malestar, y estaba absolutamente vedado.

—Entonces, sexo casual, Paige. Bien sabe Dios que ya es hora de que tengas un rollo —respondió ella. Teniendo en cuenta que nunca había tenido uno, diría que, más bien, ya estaba tardando.

Me quité los zapatos bajos de una patada y me tiré en el sofá del apartamento sin dejar de agarrar el teléfono con fuerza.

—Con él, no.

—Es una gran ciudad. Tiene que haber alguien.

No había nadie. Estaba sola y, a excepción de Sebastian Walker, ningún hombre parecía verme como mujer. La mayoría de los demás abogados de la oficina estaban casados, pero me trataban con amabilidad. Las pocas empleadas del departamento legal eran más mayores, pero me gustaban todas. Incluso había entablado amistades en el trabajo. Pero, aparte de eso, no me había encontrado con un solo soltero que siquiera me tentara a tener un rollo informal.

«Solo él. Solo Sebastian. ¡Mierda!».

—No hay nadie más —gemí al teléfono.

—Entonces usa al multimillonario *sexy*. Dijiste que es un vividor. Seguro que se acostaría contigo si le insinuaras que quieres ir en esa dirección.

Tal vez lo hiciera, y esa misma idea me aterrorizaba y me desconcertaba. Me había pedido que fuera a comer con él otras dos veces sólo para ser rechazado.

—No estoy tan segura de que todos los rumores sobre él sean ciertos —le reconocí a Kenzie a regañadientes—. Lo único que le veo hacer es trabajar hasta tarde.

—Entonces puede que él también necesite sexo —sugirió Kenzie—. A mí me suena como una situación perfecta.

—No necesito sexo —negué yo, a sabiendas de que la afirmación era verdad. Había sobrevivido sin sexo durante años.

—Pero lo deseas —afirmó Kenzie—. Paige, ¿tu reticencia se debe a tu pasado? —Su tono de voz se tornó en uno de empatía silenciosa.

—No. En realidad, no. Simplemente no quiero hacer nada que pueda poner en peligro mi puesto. Estoy empezando de cero en Colorado y necesito este trabajo.

—Por desgracia, no puedes huir de tu pasado al cambiar de ubicación —respondió Kenzie con tono apenado.

Sabía que Kenzie me entendía y me aceptaba como nadie. Tenía sus propios problemas que habían afectado la manera en que se veía a sí misma de vez en cuando, un suceso que había alterado su vida para siempre. Quizás por eso estuviéramos tan unidas. Ambas habíamos experimentado algo que había cambiado nuestras vidas completamente.

—Lo sé —reconocí pensativa, deseando que mi nuevo entorno cambiara mi personalidad de repente. Pero no lo había hecho. Seguía siendo la misma mujer cautelosa, timorata y resuelta a ascender, aunque me costara la vida.

De pronto me sentí cansada y agotada emocionalmente, exhausta de intentar contener todas las emociones.

Lógicamente, sabía que llegar a ser lo más exitosa posible era un problema de control, o quizás simplemente un lugar más seguro donde estar. Pero tener un poco de seguridad era importante para mí. Era más apremiante que rendirme a deseos más bajos sin los cuales bien sabía que podía vivir.

—Acuéstate con él y ya está —dijo Kenzie con un suspiro.

Me retorcí un mechón de pelo oscuro mientras replicaba:

—Tú no lo harías. ¿Qué tal va tu vida social estos días? —Kenzie era creativa, pero no precisamente audaz. Al igual que yo, hubo un tiempo en que era despreocupada y estaba impaciente por encontrar la siguiente fiesta u posibilidad de socializar. Tenía un futuro brillante y repleto de oportunidades. Entonces, un día, todo cambió para ella también.

—Es un asco —reconoció—. Ahora vivo en la gran ciudad, pero lo hago todo sola. No me puedo quejar. Nueva York tiene un sinfín de cosas que ver. Pero nadie se percata de mi presencia. Nadie me ve como pareja potencial.

El corazón me dolía por la situación de Kenzie. Si alguien pudiera ver el interior de su corazón durante un instante, vería lo bonita que era realmente.

—¿Tregua? —pregunté en voz baja—. No me molestes con mi vida social y yo no mentaré la tuya. Estar sola no tiene nada de malo. No para mí. Lo prefiero así.

—No, no lo prefieres. Simplemente piensas que tiene que ser así. Las dos estamos jodidas —respondió Kenzie con tono melancólico.

Para ser sincera, probablemente ambas éramos bastante disfuncionales debido a nuestros pasados, pero yo no iba a admitirlo.

—No, no lo estamos. Estamos trabajando en nuestras carreras profesionales.

—Puede que tú. La mía está básicamente estancada.

—¿Ninguna posibilidad de ascender de rango? —inquirí.

—No sin más educación.

Kenzie había aceptado un puesto de recepcionista en una prestigiosa galería de arte de Nueva York. Había estado esperando poder aprender y avanzar. Evidentemente, no iba a tener dicha oportunidad. Aunque habíamos vivido en una ciudad universitaria, mi mejor amiga nunca había tenido posibilidad de asistir la universidad a jornada completa para sacarse una licenciatura. Había tomado algunas clases de arte, pero tenía dos trabajos solo para sobrevivir.

—¿Necesitas algo? —pregunté ansiosa. Nueva York era caro—. Puedo mandarte dinero. Ahora estoy trabajando.

—Ni se te ocurra —respondió Kenzie con firmeza—. Tengo un segundo trabajo en una tienda y un par de compañeras de piso. Sobreviviré.

Dios, odiaba el hecho de que Kenzie no fuera a tener oportunidad de avanzar. Después de lo que había sufrido, merecía ser feliz. Y a pesar de no haber ido a la universidad, era más inteligente y decididamente más creativa que la mayoría de gente que conocía con estudios superiores.

—Avísame. Ahora estoy trabajando a jornada completa y tengo un buen trabajo.

Aunque se lo ofrecí, sabía que el orgullo de Kenzie nunca le permitiría aceptar mi ayuda. Nunca lo había hecho.

—También tienes que pagar una fortuna de préstamos de estudios. Mira lo que te digo… podrías ayudarme teniendo un lío con el multimillonario *sexy* para que yo pueda vivir indirectamente a través de tu experiencia, dijo en tono provocativo.

Yo me levanté del sofá con una risita.

—Yo no voy contándolo por ahí cuando jodo.

—Vas a soltarlo todo —me retó Kenzie.

Normalmente, le contaría casi todo a mi mejor amiga. Siempre lo había hecho. Pero nunca había tenido una vida sexual activa y excitante exactamente.

—No te lo voy a contar —le recordé—. Es demasiado peligroso.

Kenzie inspiró de modo audible.

—¿Te ha amenazado?

—¡No! —la tranquilicé rápidamente—. No es peligroso de esa manera. Es… —«Joder, ni siquiera sé cómo explicárselo», pensé.

—¿Es la clase de hombre que podría llegar a algo más que a tu cuerpo? —concluyó Kenzie—. Te gusta.

Anduve hasta la cocina del apartamento, buscando comida.

—No sé si decir que me gusta es realmente apropiado. Me hace sentir incómoda, pero no físicamente. Es irritante, arrogante y tiene reputación con las mujeres. Pero trabaja duro y nunca lo he visto con mujeres guapas del brazo. De hecho, nunca lo he visto con ninguna mujer. En realidad trabaja demasiado.

—Sí, te gusta —dijo Kenzie con una carcajada—. Si te toca algo más que el cuerpo, crees que es peligroso. Una señal de vínculo emocional y ya te estás alejando.

Abrí la boca para negar su afirmación, pero después volví a cerrarla. De hecho, Kenzie tenía razón.

—No puedo evitarlo —respondí abriendo la puerta de la nevera—. No puedo permitirme tener una relación con un Walker.

—Un momento. No está emparentado con ese multimillonario loco y huraño que vive solo en una isla, ¿verdad? ¿Dane Walker? —Kenzie sonaba emocionada.

—Sí, —afirmé mirando la triste oferta que había en la nevera antes de cerrar la puerta—. Son hermanos.

Sabía casi todo lo que era de dominio público sobre la familia Walker. Me había preocupado de investigar cuando obtuve el puesto en Walker Enterprises. Dane Walker era el más joven, un solitario que vivía en una isla remota.

—¡Santo Dios! —exclamó Kenzie—. Dane Walker es básicamente un misterio en el mundo del arte. Estudió con uno de los grandes artistas de nuestro tiempo y después empezó a crear sus propias obras. Tenemos un cuadro suyo en la galería. Su trabajo requiere mucho dinero y es difícil encontrarlo. Lo único que sé es que extremadamente solitario y asquerosamente rico. —Hizo una pausa antes de añadir—: Y sus cuadros me conmueven. Es posible que esté loco, pero es un gran artista.

Yo estaba al corriente de la mayoría de esos hechos. Eran de dominio público. Lo que no sabía era por qué se escondía del mundo Dane Walker exactamente.

—Resultó herido en un accidente de avión cuando tenía dieciocho años. Su padre y su madrastra murieron. Dane fue el único superviviente. Tal vez quedara tan traumatizado que quisiera la soledad —supuse, sin la más remota idea de cuál sería la verdadera historia.

—Tiene un talento increíble —caviló Kenzie—. Pero algo tiene que andar muy mal con un tipo que odia la civilización.

—En realidad, no —dije a la defensiva. A veces creo que yo estaría encantada de alejarme de ciudades muy pobladas. Quizás, vivir en una isla se volvería aburrido pasado un tiempo, pero en ese momento parecía el paraíso—. No a todo el mundo le gusta vivir en la ciudad como a ti. Hay mucha gente, demasiado crimen, demasiado ruido. A mí se me ocurren varias razones por las que alguien elegiría estar solo.

Me dolió el alma al pensar en lo sola que me sentía a veces, aunque solía estar rodeada de gente. Así era yo ahora... una mujer que siempre excluida, pero nunca participando realmente en el mundo que me rodeaba, excepto en los negocios.

—No tienes que estar sola, Paige —murmuró Kenzie compasiva—. Eres guapa, inteligente y ahora eres increíblemente exitosa. Relájate un poco.

Yo resoplé.

—No soy guapa ni exitosa. Aún no. Y si soy inteligente, me mantendré atenta a mis objetivos. —Me senté en el brazo del sofá durante un momento, a sabiendas de que iba a tener que ir al supermercado—. Solo estoy en las categorías inferiores. Acabo de empezar. —Ahora no era el momento de empezar a holgazanear, tenía demasiado que escalar.

—¿Por tu plan de vida? —inquirió Kenzie.

—Sí. No tiene nada de malo tener objetivos y esforzarse para cumplirlos en determinado tiempo. Me mantiene motivada.

—Te mantiene tan agotada que ni siquiera puedes pensar en nada más —respondió Kenzie con tono seco—. Que se joda el plan. Puedes desatarte un poco. He oído que Colorado es un estado precioso. ¿Has visto algo de allí?

—No —respondí con sinceridad. Lo cierto era que no había salido de la ciudad de Denver. No había tenido ningún motivo puesto que todo lo que necesitaba se encontraba en el área metropolitana.

—¿No has ido a la montaña? Ni a ver el paisaje —curioseó Kenzie con voz anonadada.

—No he tenido tiempo.

—Los fines de semana no trabajas. Ve a algún sitio —exigió—. He oído que los manantiales son increíbles y que las montañas son impresionantes.

—Hace frío —argumenté como una estúpida.

—Y el agua de los manantiales está caliente —respondió Kenzie con melancolía—. ¿Te imaginas pasar el rato en el agua caliente rodeada de la nieve de las montañas?

Yo tenía la mente en blanco.

—No. —No recordaba la última vez que me había detenido, aun durante un instante, a admirar algo bonito. Estaba absolutamente concentrada en cumplir mis objetivos.

—Hazlo —sugirió Kenzie categóricamente—. El lunes me llamas y me cuentas qué tal.

—Me lo pensaré —dije yo, sabiendo perfectamente que terminaría poniendo la lavadora y haciendo la compra. Si tenía tiempo, quizás incuso me pudiera ver una película en Netflix.

Era más que probable que pasara el tiempo libre en la oficina, revisando los contratos que me habían encargado completar durante la semana siguiente para adelantar trabajo. Ahora que mi jefe empezaba a darse cuenta de lo rápido que podía trabajar, cada vez me dejaba más contratos sobre la mesa. El Sr. Hurst empezaba a confiar en mí, lo cual era bueno. Pero la carga de trabajo adicional se estaba volviendo mucho más exigente.

—Llámame el lunes y cuéntamelo todo —dijo Kenzie con tono de advertencia—. Y no trabajes.

—Ya veremos. ¿Qué vas a hacer durante el fin de semana?

—Trabajar en mi segundo empleo —reconoció.

Puse los ojos en blanco.

—¿Y tú me dices a mí que deje de trabajar?

—Es un trabajo fácil. Mi mente vaga y pienso en todos los lugares en los que preferiría estar —respondió despreocupadamente.

—Me gustaría que vinieras a visitarme. Podríamos ver todos los sitios a los que quieres ir —respondí, intentando tragar un nudo en la garganta.

Kenzie no tenía una vida fácil, pero siempre se preocupaba por los demás.

—Estoy trabajando en ello —respondió alegremente—. Mientras tanto, ve a verlo todo antes por mí.

Sofoqué una risita y charlamos un poco más antes de colgar, dejando el apartamento completamente en silencio.

Me abrí camino hasta el dormitorio, me desnudé y saqué unos pantalones y un suéter del armario; sabía que tenía que ir comprar o morirme de hambre.

No es que no fuera a sobrevivir un tiempo, porque distaba mucho de ser delgada. Eso era precisamente lo que me impedía mirarme en el espejo de cuerpo entero mientras me calzaba los pantalones y me ponía un suéter violeta a tirones.

No me gustaba cómo me veía cuando estaba desnuda y evitaba mirarme al espejo todo lo posible.

Me cepillé el pelo y me puse un poco de pintalabios, sin importarme realmente mi aspecto simplemente para ir a comprar comida.

Mi madre era italiana y yo había heredado su amor por los hidratos de carbono, así como su figura con curvas. En ella, la voluptuosidad era un buen aspecto. Mi madre era alta, así que podía lucir bien su figura llena. Yo era más bajita que la mujer promedio y mi falta de altura solo me hacía parecer... más rechoncha.

—Hoy no voy a comprar pasta —me dije con firmeza mientras me ponía unas botas. Todavía no había nieve en el suelo en Denver, pero hacía frío.

Tomé la chaqueta y el bolso al dirigirme hacia la puerta, resuelta a comprar los productos que necesitaba para una dieta más sana. Había engordado más de siete kilos cuando empecé la universidad. Ya estaba tardando en adelgazar.

Me quedé boquiabierta de sorpresa al abrir la puerta, lista para salir pitando al pasillo. Por desgracia, había un problema muy grande delante de mí con el que tendría que lidiar antes de ir a ningún sitio.

CAPÍTULO 4

Sebastian

¡Odiaba empezar a sentirme como un puñetero acosador! Había conducido tres veces hasta el apartamento de Paige, pero todavía no había sido capaz de obligarme a irme a casa. Al final, renuncié a abandonar la idea y me limité a aparcar y arrastrar el trasero hasta su puerta.

Ahora, al ver la mirada de sorpresa y horror en su rostro, empecé a reconsiderar mi decisión. Quizás debería haber buscado su número de teléfono y haberla llamado antes de presentarme a su puerta. Pero sabía que si no intentaba persuadirla en persona, era posible que simplemente colgara el teléfono.

El hecho de que Paige estuviera vestida de manera tan informal y de que su pelo espeso, precioso, le cayera sobre los hombros me detuvo sobre mis pasos. Y, por supuesto, mi pene rebelde se percató de su aspecto más desenfadado de inmediato.

Sin importar cuánto adoraba su aspecto remilgado y formal en la oficina, me di cuenta de que la prefería así, con el pelo suelto, unos pantalones abrazando sus formas y un lindo suéter morado para completar el conjunto informal.

Sabía de sobra que no debería estar allí, en su apartamento. Tuve que revisar los registros de recursos humanos para encontrar su dirección, pero no pude hacer que me importara una mierda si estaba siendo poco ético. No me importaba.

Paige era lo único en lo que pensaba últimamente y cada vez que la veía la deseaba más.

No importaba que me hubiera rechazado despreocupadamente ni que huyera repentinamente cada vez que terminábamos en la misma zona. Sentía lo mismo que yo y había una química innegable entre nosotros. La sentía. Pero, por alguna razón, ella estaba tratando de ignorarla.

—Paige. —Saludé con una inclinación de cabeza, incapaz de decir mucho más que su nombre.

Ella me miró con suspicacia.

—¿Qué haces aquí? ¿Cómo has averiguado dónde vivía?

—Tengo un problema —respondí con voz ronca. Bueno, era la verdad. Mi pene no dejaba de ponerse firme y todo era culpa suya.

—¿Qué? —preguntó cruzándose de brazos, todavía aferrada a su chaqueta y a su bolso.

—¿Podemos hablar?

Ella dudó y yo empecé a sentirme como un imbécil. Era su fin de semana, su tiempo libre. Aun así, me pregunté dónde demonios iba. ¿Tenía una cita? Por algún motivo, la idea no me cayó muy bien. Finalmente, dio un paso atrás y me hizo un gesto para que entrara, cerrando la puerta a mis espaldas.

—¿Qué pasa? Hoy he terminado todo antes de tiempo —preguntó, ahora con tono de preocupación.

«Mierda», me dije. Ahora estaba inquieta por su trabajo. Eso era lo último que pretendía.

—No es nada de eso. No me estoy quejando de tu trabajo. Necesito... un favor.

No me sorprendió lo más mínimo que su gesto pasara de la preocupación a una mirada de decepción. Dios, lo odiaba.

—¿Es personal? Todavía no me has dicho cómo has sabido mi dirección. No es apropiado que busques mi domicilio en Walker por razones personales —me reprendió.

Tuve que reprimir una carcajada. Sólo Paige tendría el valor de indicar que mi comportamiento era poco ético.

—Tiene que ver con el trabajo.

Ella alzó una ceja oscura, esperando mi explicación. Joder, ninguna mujer haría que ningún tipo se sintiera tan mal como Paige cuando me lanzaba esa mirada. Al final decidí desembuchar y ver si me ayudaba.

—Tengo que subir a la montaña mañana por la noche. Me han invitado a una fiesta privada para celebrar la apertura de la temporada de esquí y la gala la organiza un tipo al que llevo meses intentando comprarle una finca. Es un hombre muy rico de la costa este que tiene una casa de vacaciones aquí, en la montaña. Ha rechazado mis ofertas repetidamente. Tiene gran cantidad de terrenos, pero en realidad necesito una finca grande que posee en Nuevo México.

—Quizás no quiere vender —sugirió Paige.

—Sí quiere. Simplemente no quiere atender a la razón en cuanto al precio. Creo que sabe que quiero desarrollar la zona y quiere una fortuna y más. Pensaba que si pudiera encontrarme con él en persona quizás acepte mi oferta.

—Tú —respondió Paige.

—Es posible —admití yo.

—¿Quieres que prepare un contrato para ver si lo firma en persona? —sonaba confundida.

—No. Quiero que vayas como mi acompañante. Si estoy en la fiesta con alguien, tendré más libertad para intentar quedarme a solas con el vendedor. Tengo la sensación de que me ha invitado porque tiene dos hijas. Lo último que quiero es ofenderlo. Necesito un amortiguador, una razón por la que no estar interesado en emparejarme con nadie.

—De lo contrario, ¿crees que las mujeres se te abalanzarán? ¿Incluso las hijas este hombre?

—Lo sé —respondí con tristeza—. No puedo ir a una fiesta solo sin que un montón de mujeres esperanzadas me agobien.

Soy demasiado joven y demasiado rico como para salirme con la mía de entrar en una fiesta y pasar desapercibido.

Quizás sonara arrogante, pero era la pura verdad. No quería pasarme toda la noche dándole conversación a todas las solteras de la gala. Si fuera sincero, también reconocería que era una buena razón por la que pasar tiempo con Paige. Pero no iba a buscar en mi puñetero interior por qué quería estar con ella, así que decidí que ser tan sincero conmigo mismo era completamente innecesario.

—Lo entiendo —aceptó Paige de mala gana—. Pero hay gran cantidad de mujeres que estarían encantadas de ir contigo...

—No, no la hay —interrumpí—. No conozco lo suficiente a ninguna mujer aquí en Denver como para explicarle por qué voy a la fiesta. No he tenido una cita desde que renuncié a mis días de fiestero. Eres mi única esperanza. Ya te he contado que trabajo mucho y no he conocido a nadie aquí. —Era la verdad. La única mujer que había captado mi atención era Paige. Me había percatado de ella como si me hubiera agarrado por las pelotas y no me hubiera soltado.

—Lo siento. No voy a fiestas —respondió ella, abriendo la puerta para hacerme salir.

—Te pagaré el fin de semana. Es estrictamente profesional —dije intentando sonar persuasivo.

Paige tenía el rostro pensativo cuando respondió:

—En serio, no soy muy sociable. No tengo ni idea de cómo hablar con los ricos y con la élite. Ni siquiera tengo ropa adecuada. Entiendo tu situación, pero tendrás que encontrar a otra persona. Créeme, cualquier soltera de Walker Enterprises iría contigo sin pensárselo dos veces.

—Quiero que sea estrictamente profesional. —Hice caso omiso de la puerta abierta—. Te pagaré un extra de diez mil dólares si vienes conmigo. Y pagaré tu vestido.

Vi que se le abrían los ojos como platos mientras se mordisqueaba el labio inferior como hacía siempre que estaba pensando. Eché un vistazo a su apartamento y me percaté de que sus cosas parecían de segunda mano y los muebles eran escasos. Era una abogada recién licenciada y, si había ido a Harvard, probablemente estaría sin un centavo hasta que empezara a ganar una nómina con regularidad. Aunque hubiera ido becada a la universidad de la Ivy League, habría tenido gastos y probablemente muchos préstamos de estudios.

Paige cerró la puerta y me miró suplicante, un gesto tan indeciso que estuve a punto de decirle que lo olvidara. No quería que se estresara tanto por una puñetera fiesta. Lo que le había dicho que era la pura verdad, pero podía ir solo. Simplemente no quería hacerlo y parecía la oportunidad perfecta para pasar tiempo a solas con ella.

—¿Crees que este trato es realmente importante para Walker Enterprises? —preguntó dubitativa.

—Sí. También es importante para mí. Es una finca enorme en una zona adecuada para el mayor parque solar del país y para un centro de investigación —respondí con sinceridad. De hecho, llevaba meses codiciando esa finca. Sería una ubicación perfecta, pero tenía que conseguir mejor precio que el que ofrecía el vendedor.

—No es que no quiera ayudar a Walker y estoy muy agradecida a la compañía por apostar por mí sin experiencia —me dijo dubitativa—. Si crees que esto ayudará a la empresa, iría, incluso sin el extra. Pero odio las fiestas, en serio.

Yo podía entenderlo. Ni yo mismo disfrutaba ya codeándome con la élite social precisamente.

—¿Por qué?

Ella se encogió de hombros.

—No son lo mío. Soy torpe en situaciones sociales y no tengo nada en común con esa gente.

Page intentó sonar indiferente, pero no me tragué su excusa. Había visto un destello de auténtico miedo en sus preciosos ojos azules; solo duró un instante, pero estuvo ahí.

—Te ayudaré, Paige. Te lo prometo. —La guardaría como un dóberman ahora que sabía que se sentiría incómoda.

—Sé que tarde o temprano tendré que aprender a ir a eventos inútiles debido a mi profesión —reconoció—. Pero si quiero ascender en la escala empresarial, supongo que tengo que aprender a socializar.

Yo asentí.

—En Walker vamos a muchos eventos corporativos de recaudación de fondos para organizaciones y celebramos muchas galas benéficas.

—Lo haré —accedió con firmeza—. Pero son estrictamente negocios y no quiero el dinero. Ahora me estoy ganando una nómina.

—Tienes que cobrar, o no son negocios —puntualicé en tono informal, deseoso de que aceptara el pago para hacerle la vida más fácil.

Paige se negó con la cabeza.

—Gano un buen sueldo. Un fin de semana ocasional es de esperar.

Yo me crucé de brazos con obstinación.

—Es un favor para mí. De ninguna manera forma parte de tu trabajo.

—Si hace que Walker gane más dinero, es seguridad laboral.

Solté una risita porque no pude evitarlo.

—No creo que nos vayamos a hundir próximamente —dije. Walker estaba prosperando, incluso sin las nuevas inversiones en energías alternativas que estaba incorporando yo.

—Voy a necesitar que me ayudes a escoger un vestido. No tengo ni idea de qué ponerme.

Me empapé de la visión de Paige con su atuendo informal, su precioso pelo cayéndole en cascada por la espalda. Demonios, no me importaría que fuera con unos pantalones y un suéter colorido. Se veía imponente, pero sabía que se sentiría fuera de lugar si no iba vestida para la ocasión.

—¿Dónde ibas?

—Al supermercado. Tengo los armarios vacíos.

Los míos tampoco estaban precisamente bien abastecidos. Nunca me había molestado en contratar a nadie que cocinara ni comprara porque apenas pasaba por casa.

—Te acompaño. Como sigues negándote a comer conmigo, tengo que abastecerme. Podemos mirar vestidos por el camino.

En el momento justo le gruñó el estómago y se llevó la mano sobre él con una sonrisa avergonzada.

—Lo siento. Me he saltado la comida.

—Esta noche te invito a cenar —gruñí. Iba a invitarla a cenar, tanto si quería como si no.

—Yo...

—No discutas —insistí.

—Solo iba a decir que me muero de hambre. ¿Podemos comer primero?

Sonreí mientras tomaba su chaqueta y se lo sostenía para que se la pusiera.

—La comida es lo primero —accedí de buena gana. Joder, probablemente accedería a prácticamente cualquier cosa porque por fin había conseguido que Paige pasara tiempo conmigo.

Tal vez siguiera siendo un misterio por qué me sentía tan atraído por ella, pero ya no iba a seguir luchando contra ello. Era la clase de hombre a quien le gusta resolver enigmas y acertijos. Normalmente me gustaba encarar problemas que necesitaban respuestas, pero no podía decir exactamente que Paige fuera un problema. Aunque el reto de descifrarla era igual de emocionante.

Inspiré su ligero y tentador perfume floral que siempre me atraía a acercarme más a ella. Al sacarle suavemente la masa de pelo sedoso de la cazadora, mi sonrisa se ensanchó al darme cuenta de que el aroma que me ponía tenía que ser su champú cuando la fragancia se volvió un poco más fuerte al brotar su cabello libre. Dios, ¿se me ponía como un tronco sólo con el olor de su puñetero pelo? Necesité todo el autocontrol que tenía para no enterrar el rostro en sus mechones oscuros, sujetar su trasero contra la pared y hacérselo hasta recuperar la cordura.

—Gracias —musitó, asumiendo la tarea de sacarse el pelo de la cazadora mientras se apartaba—. ¿Tú no llevas chamarra?

—Está en el coche —respondí con voz ronca, sin haber superado todavía el deseo de dejar que mis instintos más primitivos tomaran el control y de hacérselo ahí mismo, contra la pared del apartamento.

Abrí la puerta y salí de la casa, dejando que ella cerrara con llave. El problema era que quería algo más que sexo de Paige. Me intrigaba por alguna razón y, si quería pasar tiempo descifrándola, tendría que ser paciente. Era raro, pero nunca había sentido verdadero deseo de conocer tan bien a una mujer. La mayor parte de mi vida adulta había estado repleta de fiestas continuas; me percaté de que tampoco había conocido a ninguna mujer que realmente quisiera conocerme mejor. Yo jodía. Bebía. Me colocaba. E intentaba olvidar que mi padre había muerto demasiado pronto y que mi hermano pequeño tendría cicatrices físicas y emocionales de por vida.

Ahora, mi obsesión era mi compañía, lo cual probablemente era una ocupación mucho más sana que ser un vividor a jornada completa, y también mucho más divertida. Pero con Trace, viviendo en el mundo real donde la mayoría de la gente sí tenía que trabajar duro para salir adelante, tuve que afrontar el hecho de que había sido un imbécil la mayor parte de mi vida adulta. No era fácil reconocerlo.

—¿Estás bien? —preguntó Paige dubitativa mientras bajábamos al primer piso en ascensor.

Me obligué a alejarme de mis propios pensamientos.

—Sí. ¿Por qué?

—Pareces muy serio —observó ella.

—¿Y piensas que eso es inusual en mí? —pregunté; la pregunta me salió un poco a la defensiva.

Ella frunció el ceño.

—No he dicho eso.

—Pero lo piensas —refunfuñé yo.

—En realidad no me creo todo lo que dice la gente. Todos hacemos cosas diferentes por distintos motivos. Ahora trabajas duro y eso es lo único que importa. Obviamente, eres brillante y lo bastante inteligente como para emprender esta nueva división en Walker.

—Créeme, era todo lo que dice la gente. Estaba sobrio en raras ocasiones y, las más de las veces, iba fumado. Iba de una fiesta a la siguiente sin pensar ni una sola vez en mis hermanos ni en lo que estaban sufriendo. Diría que eso me convertía en un hombre bastante egoísta. La mayoría del tiempo evitaba a Trace porque sabía que me daría una charla sobre madurar.

—Entonces, ¿por qué maduraste al final?

En realidad, no estaba seguro de cómo responder esa pregunta.

—No lo sé.

—Sí lo sabes —contradijo ella.

—Trace, Dane y yo estuvimos todos juntos las pasadas navidades. Supongo que al final me di cuenta de aquello a lo que había renunciado para permanecer en un ambiente inútil sin amigos ni familia de verdad. —Fue un momento de vuelta a la realidad cuando por fin me di cuenta de que odiaba mi vida. —Después del accidente que mató a mi padre y que casi fue fatal para mi hermano pequeño, huí como un cobarde. No estuve ahí para Trace ni para Dane.

—Todos lidiamos con el duelo de distinta manera. Eras muy joven —aventuró Paige.

—Nada de excusas. Fue muy egoísta hacerlo. A Trace podría haberle venido bien mi ayuda. Él también era joven. Y, sin duda, Dane también necesitaba a alguien cerca.

—¿Sí? ¿De verdad? Leí que vive en una isla privada. No suena como un tipo que realmente quiera compañía.

—Podría haberlo intentado. —Había verdad en lo que decía Paige. Dane quiso soledad, y la había encontrado. Hasta la fecha, no hablaba demasiado del accidente que casi acabó con su vida.

Paige permaneció callada mientras me siguió fuera, hacia mi coche. Desactivé el sistema de seguridad y abrí la puerta, que sostuve para dejarle montar en el coche antes de cerrar la puerta y acomodarme en el asiento del conductor.

—¿Qué clase de multimillonario conduce un todoterreno compacto?

Me puse el cinturón y encendí el motor.

—La clase que se muda de Texas a Colorado. Y no solo es un todoterreno compacto. Es un Porsche Turbo de quinientos setenta caballos.

—Impresionante —respondió ella con sarcasmo—. Supongo que no te había imaginado como a alguien que usa un SUV.

—¿Porque soy un imbécil rico? —«Bueno. Sí». Me quedé un poco contrariado porque parecía seguir viéndome como a un capullo frívolo.

—No. Para nada. Simplemente pareces ser la clase de hombre al que le gusta la velocidad.

No estaba seguro de si era un cumplido o no, pero decidí tomármelo como tal.

—De cero a sesenta en menos de cuatro segundos, aunque sea un *crossover* —dije antes de mirarla y lanzarle una sonrisa bravucona.

Ella me devolvió la sonrisa antes de responder:

—No dejes que tu pasado te defina. Yo creo que todos nos arrepentimos de cosas que hemos hecho.

—¿Incluso tú?

—Especialmente, yo —reconoció en voz baja.

Quería preguntarle más, averiguar qué demonios podía haber hecho de lo que se arrepintiera. Para una mujer de su edad, parecía tenerlo todo resuelto. Sí, era evidente que se estaba escondiendo del mundo. Pero estaba muy centrada en su carrera y era muy consumada. Quise preguntarle a qué se refería, pero cuando vi el gesto cerrado en su rostro, decidí no presionarla.

—Bien. Ya es hora de mostrarte lo rápido que puede ir este SUV —decidí.

Aceleré mientras salía del aparcamiento. Cuando llegué a la autopista, demostré mi argumento enseñándole lo rápido que podía llegar al límite de velocidad. Esperaba que me regañase acerca de ser más cuidadoso, pero en ese momento descubrí que Paige tenía un lado aventurero. No me pidió que fuera más despacio. No parecía asustada. No apeló al sentido común en absoluto. De hecho, se me encogió un poco el corazón cuando pasamos a toda velocidad junto a uno de mis restaurantes favoritos porque Paige Rutledge hizo algo que nunca le había escuchado hacer. Chilló riendo de alegría y supe que lo recordaría durante mucho tiempo.

CAPÍTULO 5

Paige

«¡Esto ha sido un gran error!». Ese pensamiento negativo no cesó de pasárseme por la cabeza una y otra vez durante todo el día. Y ahora, mirándome al espejo de cuerpo entero en la puerta de mi armario, dudé aún más de mi buen criterio.

¿Qué demonios estaba haciendo con un vestido de cóctel burdeos que hacía que pareciera pertenecer a un mundo en el que no se me había perdido nada? Sin duda, algún día me exigirían asistir a unas cuantas galas benéficas para Walker si conseguía abrirme camino en la escala corporativa, pero todavía distaba mucho de estar en su lista de invitados.

Jugueteando con una de las mangas de encaje del ostentoso vestido que llevaba, sentí un escalofrío al recordar el precio. Sebastian me había arrastrado a una de las tiendas más caras de la ciudad para escoger un vestido de noche adecuado y yo me probé a toda prisa los primeros que captaron mi atención. Por desgracia, también eran los más caros, hecho del que no me percaté hasta que nos dirigimos a la caja.

Di una vuelta con mirada crítica reconociendo que estaba presentable. ¿Cómo no iba a estarlo? El vestido era exquisito, con intrincados detalles que tentarían a cualquier mujer confiada a probárselo. Desde luego, me había atraído mientras miraba en busca de algo que llamara mi atención en la tienda. El largo de cóctel era perfecto y el sedoso material me acariciaba amorosamente los gemelos cuando me movía. El cuerpo era más ajustado, con un encaje elaborado y abalorios plateados que me adornaban los hombros y los brazos. Me puse los elegantes tacones plateados para ver todo el conjunto.

—Puedo hacerlo. Puedo hacerlo —musité para mí misma, enderezando los hombros mientras estudiaba el recogido de mi molesta cabellera, firmemente sujeta con horquillas plateadas.

Me había maquillado bien, algo que nunca me molestaba en hacer. Normalmente, me recogía despiadadamente el pelo liso y escurridizo para que aguantase todo el día y me maquillaba muy poco, si es que lo hacía. Cuando estaba estudiando derecho, jugar con cosméticos y acicalarme era una pérdida de un valiosísimo tiempo de estudio. Amenacé con cortarme el pelo para facilitarme la vida miles de veces, pero Kenzie siempre me convencía de que no lo hiciera, diciéndome lo precioso que era mi pelo liso y sedoso, y que sería una pena pelarme.

Ahora desearía llevar un estilo corto y pulcro para parecer un poco más sofisticada y cosmopolita. Desgraciadamente, me veía obligada a apañarme con lo que tenía.

Cerré la puerta del armario, cansada de desear ser algo que no era. ¿Cuándo había ocurrido eso? Estaba centrada. Estaba motivada. No estaba atrapada por la vanidad de parecer más atractiva.

—Sebastian... —me dije con un suspiro. Lo cierto era que no quería decepcionarlo ni que nadie dudara de que yo era una mujer en la que él pudiera estar interesado sentimentalmente. Empecé por acceder a aquella farsa porque quería ser leal a mi empresa, pero también tenía que reconocer que quería que Sebastian Walker cerrara el trato en el que estaba trabajando tan duro. Ese deseo en particular era más personal que comercial.

No podía evitar percatarme de lo duro que trabajaba ni de cuánto anhelaba dejar atrás su antigua vida. Quería demostrar su valía y yo entendía todo eso. Quizás fuera por eso por lo que a veces me atraía tanto y por lo que de vez en cuando me sentía condenadamente tentada a aceptar su invitación de cenar juntos. Por suerte, nunca había sucumbido en uno de esos momentos de debilidad en los que sentía que en realidad teníamos algo en común. Pero no podía decir que no me hubiera sentido tentada.

Pasar tiempo con él la víspera había sido peligrosamente divertido, pero podía justificarlo como una cuestión de negocios. Simplemente estaba ayudándolo porque Walker necesitaba comprar esta finca. Aunque en realidad, en el fondo sabía que quería ayudar a Sebastian a perseguir su sueño.

Era inteligente y su pasión por las energías alternativas hacía que lo admirase como persona. Por lo que había dicho la noche anterior, el dinero significaba muy poco para él. Le preocupaba más el futuro del planeta.

Tomé el bolso de mano mientras me abría camino hasta el pequeño salón de mi apartamento con cuidado, recordándome que hacía años desde la última vez que me ponía tacones tan altos como los que Sebastian había insistido en comprar a juego con el vestido.

Marqué el límite en que me comprara un abrigo nuevo o joyería. Era demasiado personal y probablemente nunca volvería a ponerme el precioso vestido.

Me posé en el borde del sillón para ponerme los pendientes de mi bisabuela, un regalo de mi madre cuando cumplí los dieciocho años. Su madre se los había regalado a ella cuando se hizo adulta y mi madre siguió la tradición. No eran caros, pero el diseño colgante de plata de ley pendía con elegancia y era el par más bonito que tenía. Para mí, los pendientes eran inestimables porque ya llevaban cuatro generaciones en mi familia.

Se me encogió el pecho al ponerme el segundo pendiente después de acariciarlo ligeramente con el dedo, en un momento de melancolía en el que me lamenté por la relación que tenía con mis padres cuando mi madre me regaló el par.

Desde el acontecimiento catastrófico que cambió mi vida durante mi último año de carrera, no hablaba con ninguno de mis padres. Todos los años había una felicitación de Navidad. Todos los cumpleaños traían una tarjeta parecida. Pero aparte de eso, no nos habíamos comunicado. «Hace más de cinco años». Sentí una opresión en el pecho, mi separación de mis padres casi insoportable durante un breve instante al recordar cuánto los echaba de menos, incluso después de los años que habían pasado.

«Todavía duele tanto, casi tanto como cuando nuestros caminos se separaron». Llevándome la mano al corazón, intenté calmar la respiración acelerada, en *staccato*, de la que no me había percatado hacía unos instantes al dejarme llevar por los recuerdos.

—¡Para! Ya eres adulta. Tomaste la decisión porque sentías que tenías que hacerlo —me dije enojada, obligándome a recordar la razón por la que mis padres y yo nos habíamos distanciado. Ahora no podía mirar atrás ni lo haría.

El timbre me sacó de mis pensamientos de un salto, e inspiré profundamente dos últimas veces para calmarme antes de caminar hasta la puerta y abrírsela a Sebastian.

Hay momentos en la vida en que no nos salen las palabras. Yo sabía que estaba experimentando una de esas raras ocasiones en que me quedaba sin habla.

Sebastian estaba apoyado de manera informal contra el marco de la puerta, la mano derecha en el bolsillo de sus pantalones de esmoquin, como si el mundo y todo lo que hay en él fuera suyo. No era arrogancia; simplemente se trataba de su comportamiento masculino y seguro de sí mismo. No tenía ni un mechón de su pelo terroso fuera de lugar y estaba imponente con un esmoquin negro. Obviamente, se sentía cómodo con el atuendo, lo cual se mostraba por su postura llena de confianza y la sonrisa relajada que mostraba cuando sus ojos me observaron lentamente una vez y una segunda vez mientras volvía a examinar mi aspecto.

—Dios, Paige —dijo por fin con voz ronca mientras se erguía y cruzaba la puerta abierta—. Estás absolutamente despampanante.

Lo miré con los ojos en blanco. Quizás aún quedara un poco del vividor en el hombre parado frente a mí.

—Tienes que decirlo. Soy la única cita que tienes.

Después de cerrar la puerta, me apresuré a tomar mi mejor abrigo de lana del sofá.

—Eres la única que quiero —respondió con un barítono sensual que casi consiguió que le creyera. Casi... pero no del todo. No obstante, sentí una chispa de calor deslizándose por mi columna hasta aterrizar de lleno entre mis muslos cuando noté que sus ojos seguían observándome. Mi cuerpo siempre reaccionaba a Sebastian, mientras que mi mente racional quería huir cuando las alarmas chirriaron por todo mi cerebro. Supongo que las reacciones totalmente opuestas de mi cuerpo y mi cerebro no eran tan extrañas en realidad.

Sebastian estaba bueno. Probablemente era el tipo más terriblemente guapo que había visto en mi vida. Estoy casi segura de que una mujer tendría que estar casada o muerta para no verlo. Sin embargo, yo era una mujer que había aprendido a dejar que mi cerebro decidiera lo que era bueno para mí. Sin duda, se ponía en alerta roja cada vez que lo veía. Mi cuerpo traicionero respondió de una manera completamente distinta.

—Son negocios, ¿recuerdas? —dije intentando no reaccionar a su aroma almizclado y masculino, que aún contenía un toque a mantequilla, mientras me ayudaba a ponerme el chaquetón.

Normalmente, lo más probable era que le hiciera un corte de manga a cualquiera que hiciera las cosas tan anticuadas que hacía Sebastian. Mi feminidad se sentiría enojada si un hombre pensara que estaba tan indefensa que no podía abrir la puerta de mi propio coche o ponerme el abrigo sola.

Sorprendentemente, no me molestó en absoluto. Sebastian lo hacía tan inconscientemente y sin esfuerzo que era difícil ofenderse. Evidentemente, le habían enseñado buenos modales a muy temprana edad y yo ni siquiera estaba segura de que él fuera consciente de que estaba siendo anticuado con su cortesía. O quizás esta fuera la manera en que las cosas se hacían en su mundo. De cualquier modo, resultaba... agradable. Los gestos parecían más respetuosos que machistas.

—Deja los negocios en paz un minuto, ¿quieres? —contestó bruscamente—. Dame un minuto para apreciar a una mujer guapa.

Al final, me volví y vi la mirada ardiente en sus ojos. Me sorprendió la expresión muy real de un hombre a quien una mujer le parece atractiva.

—No soy guapa. Mis cinco kilos del primer curso se convirtieron en diez al terminar la carrera, diez que nunca conseguí adelgazar. Tengo los labios demasiado grandes para mi cara y la nariz demasiado pequeña. Mi cabello es tan fino y liso que no puedo hacer nada para peinarme. Tengo las tetas apenas medianas y el trasero demasiado grande. —En realidad, probablemente las dos últimas cosas eran las más importantes.

—¡Y una mierda! —dijo Sebastian, su expresión tornándose en una de desagrado—. Eres perfecta, joder. Si no lo fueras, el pene no se me pondría tan duro que casi duele cada vez que te veo. Y ¿qué puñetera fragancia usas para el pelo? Es como un jodido afrodisiaco.

Lo miré completamente confundida.

—Uso champú.

—Champú excitante —replicó en tono acusador.

Se me escapó una carcajada de sorpresa cuando me percaté de que hablaba en serio.

—Solo es champú. Huele a flor de cerezo. —Había comprado la marca equivocada por error justo antes de empezar a trabajar en Walker y me gustaba cómo me hidrataba el pelo, así que lo utilicé en lugar de desperdiciarlo.

Me tapé la boca para ocultar una sonrisa encantada, pero se me escapó otra risita al ver su gesto agraviado.

—Te lo prometo, no lo hago adrede —le dije en tono jocoso—. Es champú de marca blanca y eres el único hombre al que le he parecido tan atractiva en mucho tiempo.

—Porque estás escondiéndote —respondió Sebastian—. Por alguna razón, no quieres que se te vea, no quieres que se te descubra y, desde luego, no quieres atraer la atención de ningún chico.

Me puse más seria ante su comentario perspicaz porque contenía un ápice de verdad.

—Puede que no quiera —respondí con una evasiva—. ¿Podemos irnos ya y acabar con esto? —Se acabó hablar de mis problemas.

Sebastian se llevó la mano al bolsillo y extrajo un sobre.

—Tu pago.

Yo sacudí la cabeza.

—Te dije que no lo quiero. Lo decía en serio.

—Entonces no son negocios —respondió él con voz ronca.

Tomé el papel de su mano y lo hice trizas antes de entrar en la cocina para tirarlo a la basura.

—Siguen siendo negocios —le advertí a Sebastian cuando me detuve frente a él.

Él sonrió.

—No. Ahora eso te convierte en mi cita de verdad.

Sonaba feliz de aquello, lo cual resultaba muy confuso.

—No, pero ahora me debes un favor —respondí jovialmente.

—Dilo —replicó Sebastian de inmediato.

Yo estaba bromeando, pero él lo decía completamente en serio.

—Estaba de broma. Lo hago por Walker y por ti. Sé cuánto significa este proyecto para ti. —Quizás también fuera a la fiesta por mí, pero no estaba preparada para admitirlo—. Además, prometí a mi mejor amiga que saldría este fin de semana. Pero no estoy muy segura de que esto sea exactamente lo que ella quería.

—¿Qué quería que hicieras? —preguntó Sebastian con curiosidad.

—Mencionó las aguas termales y las montañas. Así que al menos voy a las Rocosas.

—Ya es de noche. No vas a ver nada. Si hubiera sabido que no habías visto nada, podríamos haber salido pronto.

Fruncí el ceño.

—¿Con este vestido? No voy vestida para explorar precisamente. Además, no tiene por qué saber que había anochecido. Es una zona muy bonita, ¿verdad?

—Extraordinaria —convino Sebastian—. Iremos alguna vez durante el día —prometió.

—Gracias, pero dudo que volvamos a salir juntos. —De hecho, de alguna manera, aquello me entristeció.

Él dudó durante un instante, con aspecto de querer decir algo, pero entonces gesticuló con la cabeza hacia la puerta.

—Vamos.

Desesperada por cambiar de tema y aligerar el ambiente, pregunté:

—¿Por qué va a celebrar la temporada de esquí este tipo rico? Noviembre acaba de empezar. —Hacía frío, pero en Denver no había nieve en el suelo.

Sebastian respondió mientras yo cerraba la puerta con llave.

—Hay bastante nieve en terrenos más elevados y encienden los cañones de nieve artificial si la necesitan.

Me metí las llaves en el bolso de mano.

—¿Vamos a una zona de gran altitud?

—Sí.

—Todavía no he salido mucho de Denver. ¿Hay manantiales termales allí? —me preguntaba si el lugar era un resort.

Sebastian me tendió el brazo con cortesía y yo me agarré automáticamente.

—En este resort, no. Pero hay muchos sitios donde sí hay manantiales —dijo pensativo—. Mis primos tienen un resort donde los encuentras por todas partes. —Dudó un momento antes de añadir—: Bueno, supongo que no son mis primos exactamente, sino primos políticos. Mi primo Gabe se casó con Chloe. Pero he pasado un tiempo en esa zona buscando terrenos, así que he salido con todos ellos. Es como si fueran familia. La madre de Chloe insiste en que la llame tía, aunque técnicamente no lo es. En realidad, es agradable porque no nos queda mucha familia Walker. Es una gran familia y básicamente nos han adoptado a mí y a Trace en el rebaño. Por desgracia, no han conocido a Dane.

—Los Colter —musité en voz baja.

—Haces los deberes —respondió Sebastian con ligereza.

—Ahora Blake Colter es uno de mis senadores. Claro que sé quiénes son y que estáis emparentados por matrimonio. Investigué Walker ampliamente cuando supe que iba a trabajar aquí e intenté conseguir tanta información como pude acerca de vivir en Colorado.

—Creo que a uno le gusta la montaña o no le gusta —observó Sebastian.

—¿A ti te gusta?

—De hecho, sí. Me gusta, —hizo una pausa antes de preguntar—: ¿Y a ti?

Yo me encogí de hombros.

—Prácticamente lo único que hago es trabajar.

Sebastian me dejó sentada en el coche antes de reconocer:

—Yo también. Pero he viajado buscando terrenos, así que al menos puedo salir un poco. Tu amiga tiene razón. Tienes que salir, Paige.

Su tono grave distaba mucho de ser informal. Era casi como si me conociera, como si me entendiera mejor que yo misma a veces. Alcé la mirada y nuestros ojos se encontraron. Ya era de noche, pero Sebastian había aparcado directamente bajo una farola.

Fue otro de esos momentos en que me quedé sin habla, pero entre nosotros fluyó una comunicación sin palabras que casi daba miedo. Era una familiaridad que parecía muy extraña entre dos personas que apenas se conocían.

Él levantó una ceja retándome y yo supe que hablaba de mucho más que de salir a divertirme.

—No puedo —susurré anhelante, cautiva por un instante de un encanto del que no podía escapar.

—Lo harás —dijo con voz ronca—. Cuando estés preparada.

Se perdió el contacto cuando por fin cerró la puerta del coche. Sacudí la cabeza intentando entender qué acababa de ocurrir. No era posible que Sebastian me comprendiera realmente, ¿verdad? Solo era algo un poco raro que había pasado.

Sacudí la cabeza una vez más mientras él se introducía en el vehículo y lo arrancaba, intentando convencerme sin demasiado éxito de que ninguno de los breves momentos en que sentí una extraña atracción por Sebastian se había producido realmente.

Estaba bueno. Era un compañero inteligente y divertido. Hasta el momento, había sido educado. Pero en absoluto llenaba una especie de vacío que percibía en mi interior. En esencia, éramos unos extraños, y me lo recordé repetidas veces durante el largo recorrido a la montaña.

CAPÍTULO 6

Paige

Bebí con cuidado mi segunda copa de champán, observando a Sebastian mientras intentaba abrirse camino hacia el lado opuesto del club de campo de moda donde la fiesta estaba en todo su apogeo.

Aún teníamos que ver al anfitrión del fastuoso evento, pero cuando Sebastian oyó que su objetivo se encontraba al otro lado del local, le dije que fuera a buscarlo.

Quiso que lo acompañara, pero yo sabía que tenía que conseguir quedarse a solas con el rico propietario y ya llevaba allí el tiempo suficiente como para librarme de casi toda mi aprensión. En realidad, el miedo de ir a una fiesta estaba principalmente en mi cabeza, una barrera que solo necesitaba atravesar. Observé desde un rincón tranquilo del elaborado salón de baile y me percaté de que Sebastian no había llegado muy lejos.

Aunque no me había dejado ni un momento y comimos entrantes caros mientras tomábamos algo juntos, cerca el uno del otro para que resultara evidente que estábamos juntos, las mujeres se abalanzaron sobre él desde el momento en que se alejó durante unos minutos.

Dios, me molestaba que fueran tan obvias, metiéndole en la cara a Sebastian los pechos aumentados con cirugía como si eso fuera hacer que prestara atención. Quizás aquello funcionara con algunos chicos. Pero yo me daba cuenta de que tenía una misión en ese preciso momento y de que estaba intentando ser cortés, cuando en realidad estaba molesto.

Resultaba extraño que pudiera sentir su estado de ánimo. Había una sonrisa falsa y cortés en su rostro, pero yo sentía su impaciencia, aunque varios metros nos separaban.

«Lo sé porque he visto su sonrisa auténtica, traviesa». Era muy distinta a lo que estaba viendo en ese preciso instante.

—Por Dios, dejadlo en paz —musité en voz alta, empezando a irritarme.

Por algún motivo, no me gustaba ver a un montón de mujeres encima de mi acompañante. De acuerdo, puede que no fuera una cita realmente, pero ellas no lo sabían.

Aunque algunas de ellas hubieran gastado una fortuna en cirugía estética, todas y cada una de las mujeres que lo rodeaban eran famosas guapas, salpicadas de gemas y con vestidos que hacían que lo que yo llevaba pareciera un saldo especial de mercadillo. Evidentemente, los vestidos que adornaban sus cuerpos tan perfectos estaban hechos a medida y probablemente costaban más de lo que yo ganaba en un año en ese momento.

Entrecerré los ojos, intentando averiguar si las gemas centelleantes de sus vestidos eran de verdad. Dios, sería un desperdicio horrible de nuestros recursos naturales.

Se formó una pequeña sonrisa secreta en mis labios justo antes de que diera otro sorbo de mi copa al recordar lo que había dicho Sebastian sobre mi champú. De verdad, había sido muy gracioso. Era una marca barata, pero parecía hablar absolutamente en serio cuando dijo que lo había excitado.

Aún así, estaba engañándose si pensaba que podía competir en aspecto con cualquiera de aquellas mujeres que tenían tiempo y dinero para ir de compras, para ir al spa todas las semanas y que probablemente se morían de hambre o hacían ejercicio todo el día para mantenerse delgadas.

No estaba celosa... bueno, excepto por el hecho de que rodeaban a mi cita a diestro y siniestro. Sentía cierta satisfacción al trabajar por todo lo que quería, a impulsarme a ascender para tener una vida mejor. Tenía buena cabeza, lo cual me decía que era mucho mejor que tener los pechos grandes y una cintura diminuta. Fruncí el ceño cuando dejé que mi mente se debatiera con el problema de hacer que Sebastian llegara donde necesitaba estar.

—Bien —dije cuando por fin tomé una decisión—. Yo me encargaré.

Bebí de un trago el resto de mi copa y la dejé sobre el lino blanco almidonado en una de las muchas mesas que rodeaban el salón.

Me abrí paso entre la gente que nos separaba lo más cuidadosamente posible hasta que nos encontramos cara a cara. Con delicadeza, fui despegando a todas las mujeres que adornaba su cuerpo, le rodeé el cuello con los brazos, atrevida, y atraje su cabeza hacia abajo.

—Bésame —le susurré al oído.

Ya había descubierto que Sebastian no era un hombre que dejara pasar una oportunidad. Su brazos me rodearon la cintura tan rápido que apenas pude responder a su fuerte abrazo antes de que su boca se abalanzara sobre la mía.

Me di cuenta distraídamente de que, sin duda, no era tímido en cuanto a las demostraciones públicas de afecto. Estaba demasiado absorta en el tacto duro de su cuerpo y en la caricia de su mano grande y cálida mientras acunaba mi cuello desnudo, exigiendo con la boca todo lo que quería, lo que yo estuviera dispuesta a darle. Un deseo frenético que nunca había experimentado atravesó mi cuerpo como un rayo y sentí todas las terminaciones nerviosas enloqueciéndose cuando enterré los dedos en su cabello, deleitándome en la sensación de que prácticamente me devorase. Gemí contra sus labios porque no pude reprimirme; presioné el cuerpo contra el suyo, deseando poder colarme en su interior para no marcharme nunca.

Cuando por fin levantó la cabeza, los ojos oscuros e hipnotizantes, me dejó sin ninguna duda de que el abrazo le había afectado tanto como a mí.

—Ten cuidado con lo que pides, Paige —me susurró lentamente al oído antes de morder el lóbulo sensible—. Es posible que obtengas más de lo que esperabas.

Esperaba que me soltara. Un vistazo rápido a mi alrededor me confirmó que las mujeres se habían ido. Pero él avanzó, obligándome a retroceder. Mi espalda chocó contra la pared y él me escudó de miradas curiosas mientras me sujetaba en un pequeño rincón.

—Estaba intentando crear una distracción —respondí, mi voz poco más que un ruidito.

—Oh, estoy distraído, definitivamente —respondió con voz ronca antes de volver a besarme.

No tuve tiempo de decirle que estaba intentando ayudarle a deshacerse de las msoconas que lo rodeaban. Mi cuerpo ya estaba reaccionando, el sexo contrayéndose de deseo cuando él conquistó mi boca a conciencia antes de dejar un cálido rastro por mi cuello con la lengua.

Mis puños se cerraron en torno a sus mechones cortos y gruesos. Estaba utilizando cada ápice de control que tenía para no dejar escapar un profundo gemido de deseo. Sólo lo conseguí parcialmente.

—Sebastian. Para. Las mujeres ya se han ido —dije sintiendo un gruñido grave de su tórax vibrando contra mis pechos sensibles.

—No quiero dejarte ir —discutió él, mordisqueándome el labio inferior antes de acariciarlo con la lengua.

—Tienes que hacerlo. Estamos montando una escena. —Yo tampoco quería perder aquella conexión tan íntima con él, pero sabía que teníamos que detenernos o terminaríamos jodiendo contra la pared—. No me gusta que me observen —jadeé mientras empujaba su pecho débilmente.

—¡Mierda! —Dio un paso atrás a regañadientes, con los ojos aún ardientes de deseo—. Quiero joderte desde el minuto en que te vi en el ascensor por primera vez. Está dura la cosa. Literalmente.

A medida que me dejaba espacio, siguió protegiéndome de miradas indiscretas.

—¿Crees que esas mujeres están convencidas de que no vas a llevártelas a casa esta noche?

—No planeaba llevármelas a ninguna parte —replicó Sebastian irritado.

—Lo sé. Me había dado cuenta.

—La única mujer que quiero llevarme a casa eres tú.

El corazón me daba saltitos de alegría cuando me percaté de que decía la verdad.

—No puedo —susurré con pesar.

—¿No puedes o no quieres?

Me alisé el vestido nerviosa.

—Ya estás fuera de peligro. Ve a cerrar el trato.

Alzó una ceja inquisitiva.

—Nunca vas a convencerme de que solo me has besado para cumplir esta misión.

Sinceramente, así había empezado. Pero todas mis buenas intenciones se redujeron a cenizas en el momento en que me tocó.

—Era mi pretexto.

—Hasta que se convirtió en algo más —replicó él—. Seguro que recordaré ese gemido tan *sexy* durante mucho tiempo.

Me sonrojé. Porque… sí, me gustaba, tanto que no fui capaz de mantener el control.

—¿Vas a ir a buscar a tu objetivo o no? —No quería seguir hablando de ese beso. Me dejó sintiéndome vulnerable y yo detestaba eso. El hecho es que había perdido de vista mi intención original porque Sebastian me volvía loca. «Esto no puede ser bueno», me dije. Solía estar concentrada, pero él había conseguido que perdiera de vista mis objetivos. Lo deseaba tanto que sentí ganas de encaramarme por su cuerpo musculoso y suplicarle que pusiera fin a mi excitada miseria.

—Creo que deberías venir conmigo —dijo Sebastian mientras estiraba el brazo y me atraía a su lado. Su brazo musculoso me rodeó la cintura y él me acarició la cadera con una mano traviesa mientras me empujaba hacia delante con él, hacia el otro lado de la sala.

—Para ya con la manita, fresco... —exigí con un susurro furioso mientras dejaba que me mantuviera a su lado de mala gana.

Nunca había tenido intención de acercarme tanto durante aquel engaño. Originariamente, mis razones eran ayudar a Walker y a Sebastian. «Compórtate como su cita», me recordé. «Después, hazte a un lado mientras él se gana al propietario obstinado con su encanto». Bastante fácil, ¿verdad? ¿Por qué todo se volvía tan complicado de repente?

La mano que me acariciaba se detuvo, ahora agarrándome firmemente la cintura.

—Condenado champú —gruñó, inclinándose más hacia mí sin dejar de quejarse.

No pude evitar mirarle la entrepierna directamente, pero llevaba abrochada chaqueta del esmoquin y se revelaba muy poco.

—Te ves bien —observé mientras rodeábamos la multitud manteniéndome cerca de la pared.

—¿Eso crees? —carraspeó. Entonces, agarró mi mano libre repentinamente y me volvió hacia él, asegurándose de que mi palma aterrizase directamente sobre su bragueta.

Lo toqué un poco, pero solo porque me sorprendió lo duro y erecto que se sentía. Y condenadamente bien. Tal vez la chaqueta ocultara su estado de excitación, pero mis dedos sintieron la verdad. «Dios, qué grande».

Sebastian apartó mi mano de un tirón de entre nosotros y me preguntó bruscamente:

—¿Convencida?

Seguimos adelante, pero mi cuerpo se estremecía ante el tacto del miembro duro de Sebastian. Yo era una mujer racional y acababa de experimentar pruebas táctiles de algo que llevaba toda la noche intentando decirme.

«Lo excito de verdad». Alcé la mirada hacia él desvergonzadamente con una sonrisa encantada.

—Sí. Estaba *duro* no percatarse.

De acuerdo. Era un chiste malo, pero a una parte secreta de mí le encantaba la manera en que su cuerpo reaccionaba a mí.

—Qué graciosa... —masculló Sebastian en voz baja y contrariada.

—Eso pensaba yo... —comenté con satisfacción. Tenía la sensación de que eran raras las ocasiones en que Sebastian Walker no conseguía exactamente lo que quería.

—Lo veo —respondió cambiando de tema.

Desenmarañándome de su abrazo, me quedé con la espalda apoyada en la pared.

—Entonces ve a hacer aquello que has venido a conseguir.

Avanzó a zancadas con una mirada de advertencia que me decía que ya hablaríamos más tarde y que tenía intención de ganar antes de acercarse a una mesa donde un caballero más mayor estaba sentado con otros hombres. Sabía que Sebastian probablemente los intimidaría para que se quitaran del mapa en breve.

Uno de ellos se puso en pie pasados unos minutos, evidentemente excusándose y alejándose entre la multitud. Poco después, el segundo caballero se levantó y se volvió mientras terminaba su bebida y la posaba sobre la mesa.

Era la primera vez que veía su rostro porque había estado dándome la espalda. Era joven. Era rubio y guapo, si no lo conociera, pero yo lo reconocí casi de inmediato.

No necesitaba estar lo bastante cerca como para ver sus ojos. Ya sabía que eran grises, fríos y calculadores cuando no desplegaba su falso encanto.

—Ay, Dios —susurré presa del pánico, a sabiendas de que me había divisado—. No.

El corazón me latía desbocado y empecé a respirar con dificultad.

Siguiendo mi instinto de luchar o huir cuando me dio un ataque de pánico en toda regla, di media vuelta y me abrí paso entre la gente, tratando de poner distancia entre yo y un hombre que había dado forma a mi vida de un modo que nunca podría haber imaginado.

Me atrapó por la muñeca cuando pasé por la barra, dándome la vuelta para que lo mirara de frente.

—Hola, Paige —dijo con un barítono suave—. Qué casualidad encontrarte aquí, en Colorado.

Yo tiré del brazo, desesperada por alejarme de él.

—Suéltame, Justin —dije con voz trémula.

—Sabes que nunca dejo que ninguna mujer me diga que no —me recordó con una sonrisa maliciosa.

«¡Cabrón!», pensé. Me odié por sentir auténtico miedo mientras él me estudiaba atentamente.

—Suéltame o monto un espectáculo —amenacé con el cuerpo tembloroso.

—Preferiría invitarte a una copa —respondió él—. Estás increíble. Los años solo te han hecho aún más atractiva.

Me estremecí de asco.

—Bien —accedí débilmente—. Tomaré una copa.

Antes muerta que tomarme nada que me ofreciera él, pero como había esperado, esto lo obligó a soltarme el brazo el tiempo suficiente como para huir.

Corrí como si corriera por mi vida; recuerdos a los que había cerrado la puerta mucho tiempo atrás irrumpieron en mi memoria a medida que agachaba la cabeza y serpenteaba hasta llegar a la salida y salir pitando por la puerta que llevaba al exterior.

Aterrorizada, ni siquiera pensé en la nieve y el hielo por los que tendría que moverme con unos tacones altísimos. Al instante, me escurrí y caí en los escalones de cemento revestidos de mármol, sin siquiera percatarme del dolor cuando me golpeé las manos y las rodillas con el hielo cortante y el cemento. Me puse en pie con dificultad tan pronto como hube caído.

Desesperada, me dirigí hacia el césped cubierto de nieve que llegaba por los gemelos esperando que nadie me siguiera, puesto que estaba oscuro en cuanto abandoné la zona de la entrada y salí de la traicionera vereda.

Mi mente solo pensaba en una cosa. ¡Escapar! «Corre, Paige, corre». Al final, tropecé en una zona boscosa, ajena a las ramas de los árboles que me golpeaban la cara a medida que me abría camino con las manos hacia lo que esperaba fuera un lugar seguro.

Exhausta, incapaz de llegar más lejos, aterricé en la nieve con las manos y las rodillas. «Por favor, no dejes que me siga», recé. Las lágrimas empezaron a caerme por el rostro y escuché la aspereza de mi respiración. Se me escapó un sollozo y después otro mientras revivía el acontecimiento que había cambiado mi vida. El miedo. La humillación. Pero lo que más odiaba era la indefensión.

—¿Paige?

La voz masculina sonó detrás de mí y no pude contener un grito aterrorizado que salió de mi boca y sonó en la oscuridad, previamente silenciosa.

CAPÍTULO 7

Sebastian

*H*abía sentido su miedo. Incluso a través del espacio que nos separaba, pude sentir su tensión y observé su lenguaje corporal cuando escapó a toda prisa del lugar donde la había dejado.

Finalmente tuve oportunidad de hablar a solas con el Sr. Talmage y lo eché a perder, disculpándome unos instantes después de que Paige hubiera salido.

Tras captar un destello de su vestido burdeos cuando huyó por la puerta, lo único que había tenido que hacer para encontrarla era seguir el rastro irregular de sus huellas en la nieve inmaculada.

«¿Qué demonios?», me pregunté. Oír sus sollozos ahogados había sido como una cuchillada en el pecho; su ensordecedor grito de terror hizo que me arrojara a la nieve junto a ella intentando proteger su cuerpo gélido de los elementos.

Ella forcejeó, intentando arañarme la cara mientras la tranquilizaba sujetándole las manos por encima de la cabeza y cubriéndola con mi cuerpo.

—Paige. Para. Soy yo. Sebastian. No voy a hacerte daño.

No la veía con claridad a la luz de la luna, pero sentí que dejaba de luchar cuando empezó a darse cuenta de quién era.

—¿Sebastian? —se atragantó con otro sollozo.

—Soy yo. —Me puse en pie y la levanté de la nieve, confundido, pero en realidad no me importaba por qué estaba llorando o asustada. Mi único instinto fue protegerla de aquello que la hubiera disgustado.

Se le había caído el pequeño bolso de mano junto a la vereda y lo dejé caer sobre su cuerpo para sostenerla mejor mientras caminaba arduamente por la nieve, los pies entumecidos de frío de vuelta al edificio.

—No. Por favor. No puedo volver. No puedo hacer esto. Lo siento —dijo con un susurro aterrorizado.

—Entonces no volveremos. —Ni loco la llevaría a un sitio que solo iba a hacer que su miedo aumentara—. Te llevaré a casa. —Cambiando de dirección, me dirigí al aparcamiento—. ¿Estás bien? —Quizás fuera una pregunta estúpida. Obviamente, Paige no estaba bien y, sin duda, no era clase de mujer que se asusta por nada.

A la luz del aparcamiento, sacudió la cabeza y se aferró a mi cuello con los brazos, el rostro enterrado en mi pecho.

«¡Joder! ¿Pero se puede saber qué ha pasado?», me pregunté.

Prácticamente iba corriendo cuando llegué al coche; necesitaba averiguar si estaba herida o enferma. Apenas había visto sus emociones aparte de su determinación para tener éxito. Ahora, estaba desmoronándose, literalmente. Abrí la puerta del copiloto del todoterreno y la acomodé en el asiento.

—¿Estás enferma? ¿Herida?

Ella negó con la cabeza, ahora con una mirada en blanco. Vi arañazos en sus mejillas y en su frente, probablemente por haber chocado con los arbustos y árboles en los que la había encontrado. Tenía las mangas de encaje del vestido desgarradas, los codos raspados y, al inspeccionar más a fondo, vi que tenía las palmas de las manos en el mismo estado.

—Estás herida —dije en tono enojado.

—Me he caído. ¿Podemos irnos, por favor? Estoy bien.

«¡Dios! Sonaba tan triste y asustada que corrí a la puerta del conductor y encendí el motor, esperando que se calentara rápido para que ambos pudiéramos entrar en calor. Puesto que el lugar parecía ser parte del problema en ese preciso instante, nos llevé a la carretera para dirigirnos de vuelta, montaña abajo.

Paige estaba tiritando y la miré de reojo mientras se abrazaba el cuerpo en gesto protector. Ambos permanecimos callados mientras yo conducía por la autopista. El trayecto de vuelta a Denver llevaría un rato.

Por fin, la calefacción empezó a dar calor y sentí que los pantalones mojados y los zapatos y calcetines empapados empezaban a calentarse.

—Tienes que contarme qué ha pasado, Paige. ¿Necesitas ir al hospital?

—No. Por favor. No quiero.

—Entonces, cuéntamelo —insistí.

—Lo siento mucho. No has podido hablar con el vendedor, ¿verdad?

—¡Que se joda Talmage! —Lo último que tenía en la cabeza era una oportunidad perdida. Tenía demasiado miedo como para que me importara perder cien tratos. Lo único que quería era a Paige de vuelta.

—¿Talmage? —preguntó Paige dubitativa.

Estaba demasiado oscuro como para verle los ojos, pero no me hizo falta. Oí el temor en su voz.

—Ervin Talmage. El vendedor.

—Ay, Dios. Es el padre de Justin.

—Sí. Conocí al hijo de Ervin cuando llegué a la mesa. Cabrón arrogante —comenté, aún confuso—. ¿Conoces a Justin?

—Sí —contestó ella, ahora sin emoción—. No me había dado cuenta de que era una fiesta de los Talmage.

—¿Un antiguo novio? —pregunté, rezando a Dios para que no lo fuera. No quería imaginarme a Paige con otro chico.

—Lo conocí justo cuando me estaba licenciando —confirmó Paige.

No se me escapó que en realidad no había respondido a mi pregunta.

—¿Salías con él? —«Bueno. Mierda». Sí que estaba molesto.

Ella soltó una carcajada sin humor.

—Podrías decirlo. Las cosas no fueron bien. Tuve una especie de colapso al verlo después de todos estos años.

Había algo más detrás de la historia.

—¿Todavía te importa?

Guardó silencio por un momento antes de responder.

—Odio a Justin Talmage más de lo que he odiado a nadie en toda mi vida.

—Debió de ser una ruptura muy mala —supuse.

—Lo fue. Horrorosa, de hecho.

—Cuéntamelo —insté, deseoso de saber qué había ocurrido exactamente.

Ella suspiró; sonaba resignada.

—Nos conocimos durante mi último mes en la universidad, justo antes de que empezara Derecho en Harvard. Puede ser encantador cuando quiere algo. Teníamos una asignatura juntos. De vez en cuando le ayudaba con parte de los trabajos para los finales. No era una asignatura difícil, pero Justin era un niño rico y malcriado que no estaba acostumbrado a trabajar para terminar nada.

Yo estaba callado, con la esperanza de que siguiera.

—Me pidió salir varias veces, pero al principio lo rechacé —reconoció ella.

—Sé lo que se siente —musité yo. Me había rechazado suficientes veces como para sentirme identificado.

—Ni se te ocurra compararte con alguien como Justin. Él es... malo.

Me sentí a la vez eufórico y aliviado de no parecerle tan vil como Justin, pero temía que esta historia no terminara bien.

—¿Cómo acabasteis saliendo?

—Había una fiesta de graduación. Yo no tenía a nadie con quien ir y él me pidió que lo acompañara en el coche. Fui sincera y le dije que no quería nada más que amistad con él, pero que iría con él porque no tenía coche.

—¿Ibas a fiestas universitarias? ¿Tú?

—Antes de licenciarme era una persona distinta. Estudiaba mucho, pero me gustaba divertirme. Iba a muchas fiestas. Era... mucho más sociable. Él me cambió aquella noche.

Había visto un destello de su lado más divertido cuando fue conmigo en el coche. Le habían encantado la potencia y la velocidad. Incluso se había reído, joder, un sonido que todavía reverberaba en mi memoria en los momentos más extraños. Por desgracia, no había vuelto a oír sus carcajadas y deseaba poder averiguar como hacerla tan feliz más a menudo.

—¿Así que terminaste cambiando de opinión y saliendo con él? —Vaya si no me enfurecía cada vez que pensaba en Talmage tocándola.

—No. Fue la última vez que lo vi.

—¿Por qué?

—Fue un imbécil —afirmó con evasivas.

—¿Flirteó con otras?

—No.

—Entonces, ¿qué hizo para disgustarte tanto?

—Quería más de lo que yo estaba dispuesta a darle —dijo con voz temblorosa.

—¿Amor no correspondido?

—No me amaba. Solo quería acostarse conmigo —respondió enfadada.

Me aferré con fuerza al volante, enojado porque Justin Talmage le hubiera insistido en que tuviera sexo con él. Había deseo o no lo había. Si Paige había dejado claro que no estaba interesada, debió de ponerla muy incómoda que él intentara acostarse con ella.

—Cuéntame qué hizo —gruñí.

—Fuimos a la fiesta. Tengo que reconocer que me tomé una copa. Él se lanzó y yo tenía que decirle que no constantemente.

Salí de la carretera de montaña a la autopista y pude acelerar, ya que estaba bastante despejada.

—¿Supongo que no quería aceptar que no quisieras acostarte con él?

Joder, he de reconocer que me sentí aliviado de que no se hubiera acostado con Justin. Aun así, me preguntaba por qué se había disgustado tanto al volver a verlo. Seguro que fue una situación incómoda, pero su reacción había sido un poco desmesurada como para que no hubiera algo más detrás de su historia.

—¿Ocurrió algo más? —pregunté, a sabiendas de que para que Paige odiara a alguien de verdad, Talmage tenía que haberle hecho algo realmente malo.

—Sí. Por eso lo odio. Puso mi vida patas arriba, me cambió de manera irrevocable. Intento no pensar en ello y creía que por fin lo había conseguido. Volver a verlo me ha traído recuerdos de una de las peores épocas de mi vida. Siento haber entrado en pánico.

—No importa.

—Pero probablemente has perdido la oportunidad de conseguir el terreno.

—Que se joda el terreno, Paige. ¿Qué demonios te hizo Talmage para que lo odies tanto?

—Seguro que te parece increíble—me advirtió.

—Seguro que no. Tú cuéntame por qué no te gusta, por qué puede hacer que una mujer tan fuerte como tú entre en pánico.

Ella inspiró hondo antes de proseguir con un susurro.

—Sabía que no iba a conseguir hacer que me emborrachara lo suficiente como para tener sexo con él. Le había dicho cuáles eran mis límites antes de llegar a eso. Yo iba de fiesta, pero sabía marcar los límites incluso entonces. Solo tomé una copa y ni siquiera me la terminé.

Esperé pacientemente porque sabía que había más y, si hablaba, temía que no desembuchara la respuesta a la pregunta que necesitaba oír.

Paige volvía a hiperventilar cuando prosiguió:

—Cuando se dio cuenta de que no iba a darle lo que quería, se tomó las cosas por su mano.

Al instante supe lo que iba a decir y me sentí como si me hubieran dado un puñetazo en la boca del estómago. Contenía la respiración, rogando a Dios que no pronunciara unas palabras que, sin duda, no quería escuchar. Pero lo hizo.

—Me violó —reconoció con poco más que un susurro, confirmando mis sospechas y mi mayor miedo.

CAPÍTULO 8

Paige

«Me violó». Detestaba pronunciar aquellas palabras y, lo que era aún peor, no quería volver a recordar una de las peores épocas de mi vida ahora que estaba intentando pasar página. Sin embargo, volver a ver a Justin después de todos los años que habían pasado me catapultó a un tiempo que necesitaba olvidar desesperadamente.

Las lágrimas me caían por las mejillas en la oscuridad del todoterreno de Sebastian y sentí alivio de que no pudiera verme claramente. Hacía años que no estaba tan hundida. Me temblaban las manos, tenía el corazón acelerado y, cuando dejé caer la cabeza contra el cabecero, creo que renuncié a intentar evitar contarle toda la verdad a Sebastian.

Sabía que parecía una lunática cuando salí despavorida a la nieve, y ahora sonaba como si estuviera perdiendo la cabeza. ¿Cómo podía explicar lo que había ocurrido?

No podía. Visiones revueltas de aquella noche se me pasaban por la cabeza sin cesar. La impotencia. El miedo. La más absoluta humillación que sufrí después de que Justin tomara lo que quería. Joder, apenas había podido resistirme siquiera.

—¿Por qué no está en la cárcel? —inquirió Sebastian en tono enojado.

—No presenté cargos contra él —reconocí mientras volvía a mí la rabia que había sentido por aquel entonces al recordar que mi violador se había librado de la cárcel después de violarme mientras yo yacía allí desnuda e incapaz de defenderme.

—¿Por qué?

—Fui a la fiesta con él voluntariamente. Me trajo una copa. Me puso un rufis o alguna otra droga que alteró mi estado mental. Se apoderó de mi cuerpo tan rápido que todo el mundo pensó que iba borracha. No le resultó difícil alejarme de la multitud y llevarme a una habitación vacía —le relaté con voz temblorosa, secándome las lágrimas que seguían fluyendo por mi rostro.

—¿Una droga para violar? ¿Estabas consciente?

—Sí, pero estaba muy mareada y me sentía como en un sueño. A veces parecía que estaba fuera de mi cuerpo, pero también tuve periodos en los que estaba lúcida y sabía lo que estaba haciendo. No podía detenerlo. No podía defenderme. Ni siquiera podía pedir ayuda —dije con la voz rota bajo la presión y la ansiedad de tener que volver a vivir aquella experiencia—. Y tenía miedo.

Dios, qué bien me sentó reconocerle a alguien que estaba aterrorizada. Durante los momentos en que mi mente pudo procesar lo que estaba ocurriendo, me había preguntado si Justin planeaba dejarme vivir para contar lo que ocurrió entonces.

Los neumáticos de Sebastian chirriaron cuando frenó en seco e hizo una maniobra en una salida que estaba prácticamente abandonada. Se detuvo en el aparcamiento vacío de un supermercado. Antes de que pudiera procesar lo que estaba pensando Sebastian, él había reclinado su asiento y me atrajo sobre su regazo.

Yo fui de buena gana. Por una vez, acepté el consuelo y la seguridad que me ofrecía.

—No me gusta oír que tenías miedo —musitó mientras sus brazos fuertes y musculosos me rodeaban con fuerza—. Ojalá lo hubiera sabido. Habría matado a ese cabrón. Cuéntame el resto.

Enterré el rostro en su pecho y me abracé fuertemente a su cuello. Temblaba sin control, aunque el auto seguía encendido y caliente.

—Perdí la noción del tiempo, pero sé que me violó más de una vez. Cuando se aburrió, me llevó de vuelta a mi apartamento. Me desmayé en el trayecto de vuelta a casa. Algunos detalles siguen borrosos, pero me desperté desnuda en mi cama a la mañana siguiente. —Sabía que nunca olvidaría la confusión y después el terror que sentí al empezar a recordar partes de la noche anterior. Todavía no tenía muy claro todo el suceso. Solo sabía lo que había ocurrido.

Sebastian empezó a balancearse suavemente, como si estuviera consolando a un niño. Debería estar horrorizada, pero no lo estaba. Fue la única vez en años en que me había sentido a salvo estando a solas con un chico.

Los sollozos que había estado reprimiendo empezaron a sacudir mi cuerpo y me permití soltarlo todo. Ahora ya no había manera de pararlo.

El dolor. La rabia. El miedo. La indefensión que era lo que más había odiado.

—Estás bien, Paige. Te prometo que nunca volverá a acercarse a ti —canturreó Sebastian suavemente.

De manera racional, sabía que nadie podía protegerme, pero durante solo un momento, quise fingir que sus palabras eran ciertas. Quería creer que estar arrullada en sus brazos siempre me mantendría a salvo.

—Lo odio. Lo odio muchísimo —dije atragantándome.

—Lo sé, nena —carraspeó él—. Yo también. Ojalá hubieras acudido a la policía.

Inspiré profundamente un par de veces intentando calmarme.

—Quería hacerlo. Pero mi padre trabajaba en las oficinas centrales de Talmage en New Hamshire, a solo una hora de donde yo iba a la universidad. No quería dejar que Justin se saliera con la suya después de lo que había hecho, pero mis padres me suplicaron que no lo hiciera público cuando se lo conté. Mi padre trabajaba en el Departamento de Contabilidad de Talmage Corporation y el Sr. Talmage era el director ejecutivo. La familia Talmage es muy conocida y respetada en New Hampshire. Al final me convencieron de que no fuera contra una familia tan poderosa. ¿Quién iba a creerme? Justin era su favorito, su único heredero varón. Yo no tenía pruebas. Para cuando se lo conté a mis padres, mi organismo ya había eliminado la droga. No creo que todos los borrachos de la fiesta pensaran que había ocurrido nada raro.

—¿Tu padre temía perder su trabajo?

Tragué saliva, intentando deshacerme del nudo que de repente se había formado en mi garganta.

—Estoy segura de que sí —contesté con una evasiva.

Aquel suceso era la única razón de mi distanciamiento con mis padres. Durante mucho tiempo, estuve resentida con ellos por no apoyarme. Quise acudir a la policía. Mi madre y mi padre me convencieron de que no lo hiciera; me suplicaron que no lo hiciera, literalmente. Al final, hice lo que me aconsejaron. Sinceramente, tenía la impresión de que mi padre no quería perder su trabajo, aunque distara mucho de ser un ejecutivo.

El dinero era más importante que la violación de su hija. Fue un mal trago para mí, pero lo había aceptado.

—¿Nunca volviste a ver a Justin después de aquella noche?

—No. Nos licenciamos y a mí me habían admitido en Harvard. Vacié mi parte del apartamento y partí a Massachusetts unos días después.

—Es imposible que ese cabrón fuera a una universidad de la Ivy League, aunque fuera rico —observó Sebastian malhumorado.

—No le llegaba la nota. Iba a volver a vivir con su padre.

—Lo siento mucho, cariño —dijo Sebastian mientras me acariciaba la mejilla con un gesto de consuelo—. Ninguna mujer tendría que pasar por algo así.

—Literalmente, usó mi cuerpo cuando yo no estaba en condiciones de defenderme —respondí, furiosa de nuevo solo de pensar en la violación de Justin—. La bebida que me trajo iba a ser mi única copa de aquella noche. Tenía muchas cosas que hacer antes de irme de New Hampshire y aunque era sociable, también estudiaba mucho.

—Lo sé. Es evidente por tus notas. Eran perfectas.

—Tenían que serlo. También necesitaba una prueba de acceso a la universidad de matrícula, y la conseguí. Fue lo bastante extraordinaria como para conseguirme la admisión en Harvard.

Sus dedos acariciaron mi cabello rítmicamente, sus manos y su cuerpo me consolaban sin cesar, aunque estaba segura de que lo estaba haciendo inconscientemente. Sebastian nunca me había parecido un chico cariñoso, pero estaba sorprendiéndome lo capaz de esos gestos que podía llegar a ser.

Dejó escapar un suspiro muy masculino.

—Sabes que no puedo dejarlo pasar, Paige. Tiene que pagar por lo que te hizo.

Yo sacudí la cabeza.

—No. Se acabó. Incluso ahora, no podría enfrentarme a un Talmage. Y no tengo pruebas.

—Entonces no lo hagas legalmente. No me importa una mierda cuánto le duela. Solo quiero que le duela. Me mata imaginarte pasando por eso prácticamente sin apoyos —gruñó.

—Sin ninguno —reconocí—. No se lo conté a nadie excepto a mis padres. Al final acabé contándoselo a mi compañera de piso y amiga, Kenzie, un año o dos después de que ocurriera. Aparte de ellos, eres la única persona a la que se lo he contado. Después de que mis padres me disuadieran de no seguir adelante y presentar cargos, me lo guardé para mí.

—¿Por qué yo? —preguntó Sebastian con voz ronca.

—Porque he echado a perder tu trato. Porque me volví loca. Porque fui allí para conseguir algo para Walker y he fracasado. —«¡Mierda!», pensé. Detestaba aquello.

—No has fracasado —respondió él contundentemente—. Dios, Paige, nunca te habría hecho acercarte a un Talmage de haberlo sabido.

—Lo sé. Pero probablemente esto haya echado a perder tu oportunidad de conseguir un trato.

—Que se joda el terreno. Hay muchos otros lugares donde puedo firmar un trato. ¿De verdad piensas que querría tener nada que ver con ninguno de los Talmage después de lo que me has contado? Podría ofrecerme el precio que quería, pero lo rechazaría. No puedo hacer negocios con un hombre a cuyo hijo quiero matar —contestó categóricamente.

Se me hizo un nudo en la garganta y volvieron a llenárseme los ojos de lágrimas. ¿Cuánto tiempo había pasado desde que alguien aparte de Kenzie estuviera dispuesto a aceptar mi palabra sobre lo que había ocurrido aquella noche? ¿Cuánto tiempo desde que a nadie le importara siquiera? Saber que Sebastian estaba dispuesto a rechazar un negocio próspero solo por lo que me había ocurrido me conmovió como nada más podía hacerlo.

Sin embargo, no estaba dispuesta a dejar que fuera a prisión por atacar a Justin. Estaba hablando con el calentón del momento. Yo sabía que Sebastian no era un asesino.

—No puedes matarlo. Te mandarían a la cárcel —dije con sensatez, aunque de nuevo balbuceaba como una idiota.

—No puedo dejarlo pasar —contestó Sebastian, una vez más con la voz vibrante de emoción—. El cabrón tiene que pagar.

Extendí el brazo y le acaricié la cara.

—Saber que me crees es suficiente.

Su abrazo se estrechó en torno a mí.

—¡Ni hablar, no es suficiente! Un mierda te violó, Paige, te drogó y te quitó la voluntad mientras lo hacía. ¿Cómo demonios olvidas algo así cuando nunca ha sido enjuiciado ni ha ido a la cárcel?

—Tuve que hacerlo. Habría perdido el caso. Ahora lo veo con más claridad que antes de estudiar Derecho. Y mi padre habría perdido sus ingresos.

—¡Santo Dios! ¡Esto me saca de mis casillas! No es de extrañar que odies a los ricos.

Oía el enfado y la frustración en su voz.

—No digas eso, Sebastian. Viví con ello. Incluso pensaba que había sido capaz de olvidarlo hasta esta noche.

—Nunca lo has olvidado. Solo ocultas tu dolor mejor que la mayoría de la gente —me contradijo él.

Me sequé las lágrimas de la cara, pensando en lo extraño que era estar sentada en un auto a oscuras junto a la autopista, llorando más de lo que había llorado en años. No me resultaba fácil desahogarme, pero la oscuridad y el abrazo preocupado y reconfortante de Sebastian me facilitaron ligeramente ser realista.

Tarde o temprano, tendría que recuperar el control, volver a mi lugar seguro donde nadie podía volver a hacerme daño. Pero me permití descansar en una sensación de seguridad que no había conocido desde antes del ataque.

—No estoy ocultándome —protesté—. Solo necesito tener el control.

—Porque un cabrón te arrebató el derecho a decidir. Sientes que tienes que pasar desapercibida y que no se te vea.

—Quiero que se me vea por mis logros —le dije indignada.

—Dudo que nadie pudiera ignorarlos —respondió él en tono seco—. Estoy seguro de que tus padres se sienten orgullosos.

Yo me encogí de hombros.

—No lo sé. En realidad, mis padres y yo ya no hablamos mucho. No lo hacemos desde que me convencieron de que no presentara cargos.

—¿Te creyeron?

—No lo sé realmente. Estaba tan dolida que ni siquiera lo pregunté. —¿Era posible que mis padres hubieran hecho que me alejara porque no estaban seguros de que el suceso hubiera tenido lugar realmente o todo se debía a que mi padre trabajaba para Talmage?

La idea de que pudieran haber pensado que aquella noche estaba demasiado borracha como para recordar lo que había ocurrido realmente me entristeció aún más. Nunca les había dado ninguna razón para dudar que estaba diciendo la verdad. Era una estudiante modelo, una buena hija que nunca se metía en problemas y los quería a ambos de todo corazón. Probablemente aún lo hacía, incluso después de la pena y la distancia entre mis padres y yo.

—Estás pensando —musitó Sebastian—. No le des demasiadas vueltas a la situación con tus padres.

—No lo hago —contesté a la defensiva. En realidad, sí estaba pensando. Ahora me preguntaba...

—Sí, sí lo haces. Cuando estás callada, sé que estás pensando.

Tenía razón, lo cual me resultaba ligeramente molesto. ¿Cómo podía leerme tan fácilmente Sebastian cuando yo no sabía casi nada sobre él? Todas sus acciones de aquella noche habían sido una sorpresa es su manera de creer mi confesión inmediatamente me había conmocionado sobremanera.

Puesto que su gran trato comercial dependía de que mantuviera una conversación decente con el Sr. Talmage en persona, yo me había esperado preguntas y posiblemente cierto escepticismo. Pero no hubo ninguno en absoluto.

Al final, respondí:

—Puede que no estuviera pensando en mis padres.

—Sí lo estabas haciendo —contradijo él con arrogancia—. Te he hecho dudar. Ojalá no hubiera preguntado si te creyeron.

—Es una pregunta legítima.

—¿Eran buenos padres?

—Sí. Yo creía que ellos me querían tanto como yo a ellos. —La voz me tembló de emoción.

—Entonces, que creyeron. Probablemente estaban intentando protegerte. Quizás no fuera lo que querías entonces, pero dudo que tu padre estuviera tan preocupado por su trabajo como crees. Su hija fue violada, no puedo imaginar lo duro que sería aceptarlo y lidiar con ello como padre.

Me desembaracé de sus brazos con renuencia y volví a mi asiento antes de responder:

—Como ya he dicho, no lo sé. No hablaban de ello. Estaba demasiado preocupados por la posibilidad de que lo denunciara a la policía.

Sebastian debía ponerse el cinturón de seguridad de nuevo. Por lo visto, se lo había quitado cuando me atrajo sobre su regazo. Yo estaba abrochándome el mío cuando él preguntó:

—¿Los extrañas?

—Sí —contesté con sinceridad.

—Perder a tus padres te hace sentir una soledad que nunca habías experimentado —accedió Sebastian mientras maniobraba con el vehículo para volver a la autopista.

Yo sabía que hablaba por experiencia.

—Siento lo de tu madre, tu padre y tu hermano.

—¿Recuerdas todo lo que lees?

—Por supuesto —bromeé con tono de listilla, esperando poder dejar el tema de mi agresión—. Siempre hago mis investigaciones.

—¿Qué averiguaste sobre mí cuando estudiaste a Walker? —preguntó con curiosidad.

Conociendo a Sebastian de la manera en que estaba llegando a entenderlo ahora, no quería responder.

—Solo las cosas de conocimiento público —mi respuesta pretendía ser vaga. Después de su bondad, no tenía el valor de decir nada malo sobre él.

—Averiguaste que era un vividor. Que me acostaba con montones de mujeres, bebía todo el tiempo y me colocaba tan a menudo como era posible. Puede que vieras que no trabajaba, que no me importaba avergonzar a mi familia haciendo putadas en el pasado.

—Sí. La prensa no siempre fue buena contigo —reconocí en voz baja.

—No tenía que serlo. Yo era ese hombre. Absolutamente todo lo que leíste era verdad —reveló llanamente.

Se me cayó el alma a los pies.

—No me lo creo todo.

—Deberías —respondió él con desinterés—. Dudo que nada de ello estuviera embellecido. Básicamente soy un imbécil.

Fruncí el ceño en la oscuridad, no muy segura de querer seguir escuchando.

CAPÍTULO 9

Paige

Mi curiosidad acerca de por qué Sebastian seguía identificándose con el vividor inútil que solía ser venció a las otras partes de mi mente que me decían que no era asunto mío.

—Ya no eres ese chico —le aseguré. Dudé antes de preguntar—: ¿Cómo te interesaste tanto por las energías alternativas?

—Quieres cambiar de tema —me acusó Sebastian.

—Puede ser. Tú limítate a responder. —En realidad, lo que más quería era no hablar de lo que me había ocurrido. En ese momento estaba demasiado vivo.

—Soy ingeniero de formación. Ya durante la universidad trasteé con energías alternativas. Nuestros recursos son finitos y la demanda es mayor de lo que se puede suplir. Eso significa que tarde o temprano nos quedaremos sin fuentes. La tecnología tiene que avanzar. Estados Unidos no es el líder en energía solar ahora mismo, y deberíamos serlo. Joder, algún día nos introduciremos en la energía solar espacial y en la minería de asteroides.

Podía oír el entusiasmo en su voz.

—¿Crees que realmente seremos capaces de hacerlo? —pregunté. Había leído acerca de ambas posibilidades.

—Probablemente no en nuestra vida —reconoció él—. Pero sí puedo hacer aquello de lo que soy capaz ahora.

Me fascinaba la manera en que funcionaba su mente. A la mayoría de las personas solo les importaba una mierda su tiempo. No les importaba qué ocurriera cientos o miles de años después de su muerte.

—Siento mucho lo de la propiedad, Sebastian —susurré, sintiéndome culpable después de haber escuchado lo mucho que quería poner más cosas en marcha.

—No es importante —respondió él con voz ronca—. Encontraré otro sitio.

—¿Echas de menos tu antigua forma de vida?

—No. Solo era una manera de huir de la pérdida de mi padre al licenciarme. Pronto empecé a detestarla. Por eso trabajaba en el desarrollo de energía solar mucho antes de volver a Walker.

Yo no sabía que había hecho nada antes de volver a la empresa de su padre.

—Entonces, ¿por qué no te uniste antes a Trace?

—No sabía si quería hacerlo. En realidad no estaba seguro de dónde estaba mi sitio. Trace ya avanzado sin mí porque yo seguía en la universidad. Dane prácticamente se recluyó en cuanto estuvo lo bastante bien para salir del hospital. Un minuto tenía una familia y, al siguiente, había desaparecido —explicó.

—Conozco la sensación —respondí con tristeza, reclinando la cabeza contra el lujoso cuero y cerrando los ojos.

Una vez, fui la valiosa hija única de mis padres. Entonces, de repente, no tenía a nadie.

Sebastian prosiguió:

—Cuando no estaba vagando sin rumbo en el mundo de la noche, trasteaba con investigación en energías alternativas en casa, en Texas.

—El mundo necesita gente como tú, Sebastian —le dije en voz baja.

Era muy inteligente, muy distinto a cualquier chico al que hubiera conocido nunca. De alguna manera, siempre quería marcar la diferencia, contribuir a la sociedad con algo valioso. Me dolía por él que nunca hubiera comprendido realmente lo especial que era, cuánto importaba.

—¿El mundo necesita a otro niño rico privilegiado? —respondió con tono autocrítico.

—Trabajas más duro que la mayoría —razoné—. ¿Y qué si te llevó un tiempo averiguar dónde estaba tu sitio? Perdiste tu padre y a tu madrastra, y casi perdiste a Dane. Trace estaba ocupado intentando encargarse de la compañía de vuestro padre. No es de extrañar que te sintieras perdido.

Dios, vaya si yo recordaba lo que se sentía. Cuando de pronto me encontré sola y sin una familia propia, sentí la misma confusión y soledad. Yo simplemente la filtré para salir adelante y no volver a tener que sentirme indefensa nunca más. Sebastian había sufrido de manera distinta, pero entendía perfectamente lo que sentía.

—Después de que Justin te violara, ¿te sentiste perdida? —preguntó Sebastian con voz ronca.

—Sí. Especialmente cuando ya no tenía a mis padres.

—No estás sola, Paige. —Su afirmación era reconfortante y ferviente—. Y te juro que siempre estarás a salvo.

Sí. Bueno. Sabía que era una falsa promesa. Nadie podría garantizar nunca la seguridad de otra persona. Pero, solo por ahora, quería fingir que él podía. ¿Cómo sabía él que debajo de mi bravuconería siempre estaba asustada, temerosa de estar indefensa y sola otra vez?

Me permití abandonarme a su promesa, conforme con permitirme confiar en él durante un breve periodo en el tiempo.

Él extendió la mano en la oscuridad y capturó la mía, entrelazando nuestros dedos en un gesto silencioso de apoyo; aquello me arrulló en una sensación de seguridad haciendo que suspirase cansada.

Me sentía tan cómoda que debí de quedarme dormida, porque lo siguiente que recuerdo fue despertarme cuando Sebastian me sacaba del coche en volandas.

—¿Qué ha pasado? —pregunté sobresaltada, mientras me abrazaba su cuello instintivamente.

—Estamos en casa —dijo en voz baja.

Yo me espabilé en seguida.

—Puedes dejarme en el suelo. Debo de haberme quedado dormida.

—No te muevas —me advirtió—. Toma tu bolso.

Se agachó ligeramente y yo recogí el bolso del asiento del copiloto.

—Ya estoy despierta.

—Ya me he dado cuenta —respondió él con tono divertido—. Has dejado de roncar.

—Yo no ronco —respondí ofendida.

—Tal vez no. Pero haces unos ruiditos monísimos cuando duermes. No es un ronquido, pero respiras fuerte, eso seguro.

Estoy segura de que, si roncara realmente, Kenzie me lo habría dicho. Habría aprovechado cualquier oportunidad para burlarse de mí por ello. Miré a mi alrededor, percatándome de que no estábamos en modo alguno cerca mi apartamento.

—No estamos en casa. ¿Dónde estamos?

—En mi casa —respondió él bruscamente—. Te quedas aquí. Después de lo ocurrido, necesitas un poco de tiempo para procesar el haber vuelto a ver a Justin de nuevo. Y no quiero que lo hagas sola.

—Puedo lidiar con ello —respondí a la defensiva. En realidad, nadie me había mimado ni le había dado importancia a mis emociones. Probablemente porque en raras ocasiones se las mostraba a nadie.

Me dejó con cuidado en el suelo cuando llegamos a la puerta del garaje. Me volví y miré detrás de mí, percatándome de que había otro vehículo en una segunda plaza de aparcamiento. Era un deportivo rojo fuerte, pero no distinguía la marca ni el modelo, probablemente porque sabía muy poco acerca de autos caros. Pero este captó mi atención de inmediato.

—¿Qué clase de coche es ese? —pregunté señalando el deportivo rojo.

Sebastian se volvió y abrió la puerta de un empujón.

—Un Ferrari antiguo. Bastante raro.

—Es precioso —musité, admirando las líneas elegantes y la apariencia prístina del vehículo.

—Debería serlo. Tardé años en restaurarlo. Estaba hecho un desastre cuando lo compré.

—¿Lo hiciste tú?

Sebastian se encogió de hombros mientras me hacía un gesto para que entrara en la casa.

—Casi todo. De vez en cuando necesité consultar.

Miré el auto boquiabierta y después lo miré a él al pasar a su lado al entrar a la casa. Una semana antes, habría dicho que probablemente Sebastian Walker no movía un dedo para hacer trabajo sucio. Pero, de alguna manera, el hecho de que trasteara con autos antiguos no me sorprendió una vez que asimilé la noticia. Era ingeniero y, evidentemente, le fascinaba el funcionamiento de las cosas y cómo podía mejorarlas. Por extraño que pareciera, la imagen de él grasiento y sudoroso mientras restauraba un auto antiguo no me parecía tan rara.

—Hiciste un trabajo increíble. Parece nuevecito.

Él me sonrió mientras pasaba como un rayo a mi lado para ir delante.

—Se supone que no tiene que parecer nuevo. Tiene que parecer nuevo con el estilo de los años sesenta.

—Misión cumplida —le devolví la broma.

—A mi padre le gustaban los coches antiguos. Nunca los restauraba él mismo, pero tenía muchos que fue comprando y haciendo que le arreglaran a lo largo de los años.

Entré en la enorme cocina gourmet que estaba detrás de él. Resultaba obvio que los autos antiguos eran algo que Sebastian había heredado de su padre.

—¿Aún conservas alguno de los suyos?

—No. Mi madrastra detestaba montarse en ellos. Mi padre vendió su último modelo antiguo justo antes de morir.

Me quité los tacones mojados, temerosa de dañar el precioso suelo de madera. Tenía las medias secas, pero hechas un desastre; el daño producido al correr entre los árboles era evidente.

Una uña pintada asomó por una de las medias transparentes

—Supongo que este par está arruinado —dije incómoda.

—Tíralas —sugirió Sebastian—. Encontraré algo para que te cambies.

Eran medias al muslo y no me lo pensé dos veces antes de llevarme las manos detrás de mí para aflojar las prendas andrajosas.

—Tengo que irme a casa, Sebastian. No puedo quedarme aquí.

—No vas a volver a tu apartamento. Piensas demasiado —gruñó mientras se quitaba el chaquetón y lo arrojaba sobre la encimera.

Me quité una media con dificultad y estaba trabajando en la segunda mientras intentaba no enseñarlo todo subiéndome el vestido por delante. Descubrí que no era tan fácil.

—Claro que pienso —le espeté en respuesta.

—No quiero que recuerdes lo que ha ocurrido. Es una mierda empezar a recordar cosas una y otra vez.

Abrí la boca para decirle que no pensaba hacer tal cosa, pero sabía que tenía razón. Reviviría cada detalle de nuevo. Ver a Justin había abierto una puerta en mi mente que yo había mantenido cerrada durante tanto tiempo que creía que la había olvidado. Pero no era así. Simplemente había aprendido a ignorarla.

—Estaré bien. —Quedarme con Sebastian resultaba condenadamente tentador. Cuando estaba con él, me olvidaba hasta de mi nombre si no dejaba de mirar su cuerpo grande y tonificado y sus cambiantes ojos avellana. Me fascinaba. Bromeaba conmigo. Me hacía sentir... segura.

Sí, sabía que era una ilusión. Él era Sebastian Walker y yo una abogada novata que ni siquiera debería tener motivos para hablar con él. Ahora Sebastian conocía la mayor parte de mis secretos, y todo en un periodo de una tarde. Para ser sincera, resultaba bastante desconcertante.

Había pasado años intentando escudarme de que me hicieran daño, y todo para que Sebastian derribara esas barreras en un abrir y cerrar de ojos. De no haberme encontrado con Justin, no me habría sentido tan vulnerable. Sebastian nunca habría conocido la vergüenza que yo ocultaba. Pero ahora que la conocía, no estaba segura de por dónde tirar desde allí.

—Eh, estás pensando otra vez —bromeó Sebastian mientras se arrodillaba sobre una pierna—. Déjame hacer eso.

Me quedé sin aliento cuando tomó la parte superior de la segunda media con destreza y la bajó lentamente por mi pierna. Yo observé su cabeza mientras él se agachaba para terminar una tarea con la que yo llevaba peleándome los últimos minutos.

La calidez de sus dedos sobre mi piel desnuda obligó a mi cuerpo a reaccionar al instante, evocando imágenes de Sebastian quitándome la ropa por una razón muy distinta. «¡Dios!», de repente quería ver a ese hombre desnudo y excitado más de lo que había deseado nada en toda mi vida. El impulso era tan fuerte que apenas pude controlarlo. Sebastian se puso en pie y desenfundó la media entre sus dedos, como si estuviera fantaseando él mismo.

—¿Estás seca? —preguntó con voz ronca mientras se desprendía de los zapatos—. Creo que lo único que sigue húmedo son mis zapatos.

Tenía la boca árida como el desierto. Verlo juguetear con mi media había sido una de las experiencias más íntimas que había tenido nunca y ni siquiera me había tocado a mí.

Me tomó un momento entender su pregunta. Yo estaba más húmeda, resbaladiza y preparada que en toda mi vida. Lo único mojado era mi ropa interior, pero eso no podía decírselo.

—Sí. Estoy… estoy bien.

Mi vacilación hizo que mirase en mi dirección alzando una inquisitiva ceja traviesa.

—¿Algún problema?

—No —le aseguré a toda prisa—. Ninguno en absoluto.

Qué mentirosa era. El corazón me golpeaba contra el pecho y mi cuerpo clamaba por abalanzarme sobre él, desnuda, para poder estar piel contra piel. Tenía la sensación de que nunca podría acercarme lo suficiente a Sebastian para mi gusto, pero de seguro quería probar. Una sensación de alivio me recorrió el cuerpo cuando él se volvió y, con cuidado, colocó la media en la encimera de la cocina, sobre su chaquetón.

«Tengo que irme. Tengo que salir de aquí», pensé. Empecé a ser presa del pánico al darme cuenta de que no podía estar con Sebastian sin anhelar algo más que amistad. No me entendáis mal... me gustaba. Aquella noche había sido bueno y compasivo conmigo, y eso me había llegado al corazón. Pero era imposible que mi cuerpo se sintiera satisfecho cuando estaba cerca de él sin conocer a fondo su cuerpo macizo y atlético.

Mi preocupación era que no se trataba de deseo únicamente. Una especie de debilidad extraña me atraía a Sebastian, y aquello no era algo con lo que estuviera familiarizada.

—Ten. Relájate y toma un trago —sugirió Sebastian con tranquilidad mientras me ofrecía una copa de vino blanco, con una copa de algo que parecía un poco más fuerte en la otra mano.

Miré fijamente la copa de alcohol que se me ofrecía. Me encogí visiblemente, agitando la cabeza con desesperación.

—No —supliqué.

Eso fue todo lo que me hizo falta para reexperimentar otro tiempo y lugar al abrirse la puerta completamente y aflorar los recuerdos en una oleada de terror.

CAPÍTULO 10

Paige

CINCO AÑOS ATRÁS…

Todavía no podía creer que fuera camino de Harvard. Mi alma estaba inundada de júbilo y yo sonreía y miraba la sala abarrotada, la fiesta a tope y la vibración de la música a todo volumen hacía que me retumbara el corazón. Mucha de la gente que había allí eran mis compañeros de clase, todos listos para salir a comerse el mundo de una u otra manera.

La fiesta de graduación estaba en su apogeo y yo estaba sin aliento de bailar con uno de los chicos de mi clase, todos aliviados y contentillos al término del último semestre. Algunos de mis amigos iban a empezar programas de Máster. Pero yo… yo iba a ir a la Facultad de Derecho de Harvard.

Mis padres se habían sentido muy orgullosos al enterarse de que me habían admitido. Estaba solicitando becas y subvenciones, pero sabía que tendría que solicitar préstamos de estudios y trabajar mientras asistía a la prestigiosa (y cara) Facultad de Derecho. Pero ni siquiera el coste de mi educación podía bajarme los ánimos.

Iba a ir a Harvard, joder, y estaba en la cima del mundo en ese momento. Tal vez no necesitara formarme en una universidad de tanto prestigio para ayudar a niños y mujeres que no tenían voz. Sabía lo que quería hacer exactamente desde que empecé el instituto y sabía que necesitaría una Licenciatura en Derecho para conseguir mis objetivos. Pero eso me convertiría en mejor abogada. Y la gente desfavorecida de este mundo se merecía a alguien que pudiera ayudarla a ser escuchada.

Siempre supe que era una de las afortunadas. Tenía unos padres buenos que me habían convertido en su mundo desde que tenía memoria. No teníamos mucho dinero, pero yo sabía que me querían. Mamá y papá habían hecho todo lo posible para ayudarme en la universidad y sabía que serían mis rocas cuando estuviera en la Facultad de Derecho.

Mis padres me habían enseñado que había cosas más importantes que el dinero. Como abogada, estaría bien económicamente, aunque no planeaba exactamente convertirme en una importante abogada de empresa. Pero nada de eso importaba. Sería feliz. Tendría un propósito y podría marcar la diferencia en las vidas de la gente. Era lo único que siempre había querido hacer.

—Aquí tienes, Paige. —La voz masculina me sacó de mis pensamientos.

Extendí el brazo y tomé el cóctel que llevaba en la mano.

—Gracias.

Justin Talmage solo era un amigo que había hecho recientemente. Me caía bien y le ayudaba con sus asignaturas, pero no había nada romántico entre nosotros. Bueno... no para mí, en cualquier caso. Me había sentido mal cada vez que lo rechacé para una cita, pero no sentía nada por él. Era guapo, encantador y muy buen partido, porque su padre era un hombre extremadamente rico. Pero soñaba con conocer a un chico que compartiera mis pasiones, mis intereses. Un hombre que fuera mi mejor amigo y un amante que me hiciera sentir lo mismo que sentían mis amigas cuando por fin habían encontrado al chico adecuado.

¿En cuanto a mí? Yo no había encontrado a nadie concreto todavía. Pero sabía que lo haría algún día. Quizás no ocurriría hasta después de terminar Derecho, o tal vez lo conocería allí. No me importaba que aún no hubiera aparecido. Estaba dispuesta a esperar y mi madre me había dicho que lo sabría cuando llegara el chico adecuado. Yo sabía que decía la verdad. Siempre lo hacía.

Bebí mi copa despacio, deseando no sentirme tan culpable por no poder sentir nada por Justin. Llevaba buscando algo más desde que nos hiciéramos amigos unos meses atrás. Yo había dudado cuando me ofreció traerme a la fiesta, pero me había asegurado que estaba bien que solo fuéramos amigos.

—¿Qué tal está? —preguntó; sonaba ansioso.

—Está bien —le aseguré—. Gracias.

No sabía muy bien qué estaba bebiendo, pero era dulce y ácido al mismo tiempo. Me gustaba... fuera lo que fuera. Como no bebía mucho, le había pedido a Justin algo flojito. Tenía que hacer las maletas y no tenía tiempo para estar resacosa.

—Tengo la sensación de que te va a encantar —contestó él, sonriéndome con suficiencia mientras me observaba dar otro sorbo.

Yo tenía sed después de bailar como una loca, a toda velocidad al ritmo de una de mis canciones favoritas. Ya me había bebido más de la mitad de la copa cuando volví a llevarme el vaso a la boca, a sabiendas de que estaba bebiendo muy rápido la única copa que me iba a permitir aquella noche. Pero no me importaba. Podía tomar una Coca-Cola cuando me la terminara.

La música estaba muy alta y la multitud no me molestaba normalmente. Había ido a montones de fiestas universitarias. Estaba acostumbrada a la locura y generalmente florecía en esta clase de ambiente. Pero, de pronto, empecé a sentirme mareada y la cabeza me daba vueltas.

—¿Estás bien, Paige? —preguntó Justin con calma.

—Sí. No. No lo sé. —No podía sacudirme la reacción al alcohol que acababa de beber.

«Qué extraño. He bebido más de una vez y nunca he reaccionado así», pensé.

Justin me agarró del brazo y me empujó hacia delante a medida que mi cabeza se desconectaba de mi cuerpo de una manera muy extraña. No podía pensar. No podía hablar. Lo único que pude hacer fue tambalearme hasta una habitación vacía con Justin justo detrás de mí. Su fuerte agarre empezaba a lastimarme el brazo.

—No tienes ni idea de cuánto tiempo he esperado para esto, Paige. No soy un hombre que acepta un *no* por respuesta. En el fondo, sé que lo deseas.

Mi capacidad para defenderme era patética cuando él tiró de la cremallera del vestido informal que llevaba, me lo quitó de un jalón por encima de la cabeza y después me empujó hasta que caí de espaldas sobre la cama.

Parpadeé, intentando concentrarme en su rostro mientras me arrancaba el sujetador y la ropa interior; con vaguedad, me di cuenta de que estaba completamente desnuda.

No pude enfocar su rostro del todo, pero me percaté de que estaba quitándose la ropa.

—¡No! —me atraganté de forma patética por fin—. No.

Su carcajada fue un poco maníaca.

—Te he dicho que no digas *no*. No me gusta esa palabra —respondió enojado—. Sé que lo deseas de verdad, pero creo que probablemente te gusta duro. ¿Crees que soy un chico majo y que no soy capaz de darte lo que necesitas realmente?

En mi mente, racional, pero distante, sabía que Justin estaba volviéndose loco, pero no podía obligarme a luchar. Mi cuerpo y mi mente no estaban coordinados. Sabía que iba a violarme y estaba indefensa para impedir que ocurriera. El terror me invadió, un miedo helador que me dejó horrorizada.

«¡No!», intenté gritar, pero no me salieron las palabras. Me sentía como si estuviera flotando.

—¿Eres virgen? —preguntó Justin cuando se metió en la cama desnudo.

Yo no podía responder. Mi cuerpo estaba incapacitado y me había quedado muda. Cada vez me sentía más confundida y una idea fugaz de que estaba drogada se me pasó por la cabeza antes de volver a quedarme desconcertada y perpleja.

Sentí el dolor cuando Justin invadió mi cuerpo, pero no podía gritar. Ni siquiera podía llorar. No podía hacer nada excepto soportar la humillación de que gruñera sobre mí mientras mi cuerpo no respondía.

Después de la primera vez, ni siquiera me molesté en intentar resistirme. Tenía las extremidades entumecidas y la humillación se había tornado en miedo a que al final se deshiciera de mí para que nunca pudiera contarle a nadie lo que había ocurrido allí aquella noche.

Intenté permanecer consciente, pero no siempre lo conseguí. Despertaba y perdía la consciencia a medida que Justin me violaba completamente una y otra vez. Cada vez que despertaba, me lo encontraba penetrándome. En determinado momento, estaba boca abajo sobre la cama y Justin se esforzaba para meterme el pene a la fuerza por el ano. Me sentí agradecida de desmayarme poco después, olvidado el dolor cuando me hundí en la oscuridad.

La pesadilla tomó un tinte surrealista a medida que despertaba y volvía a desmayarme, despertando confundida cada vez. Lo único que quería era que terminara. Estaba desesperada por recuperar el control de mi cuerpo.

Al final, me desperté sin miedo a volver a quedarme inconsciente. Estaba débil y sentía náuseas, pero sabía que no corría peligro de volver a caer en el agujero negro que se me había tragado cada vez que despertaba.

Me incorporé con cuidado y me percaté de que estaba de vuelta en mi apartamento y en mi cama.

—Dios. ¿Qué ha pasado? —musité con todos los músculos del cuerpo doloridos.

Me tomó cierto tiempo aclimatarme mientras intentaba comprender cómo podía tener tanta resaca. Nunca había bebido demasiado. ¿Me había excedido? ¿Me había traído a casa Justin? Retiré el edredón, no muy segura de que no fuera a vomitar. Fue entonces cuando me percaté de que mis sábanas eran un desastre ensangrentado. Bajo mi trasero, las sábanas blancas estaban sembradas de manchas de color carmesí. Poco a poco, empezaron a inundarme los recuerdos.

Envolví mi cuerpo desnudo con los brazos, meciéndome de atrás adelante en la cama cuando la realidad me golpeó; no podía dejar de recordar lo ocurrido la noche anterior.

Tardé mucho tiempo en levantarme de la cama y vestirme, a sabiendas de que las únicas personas a quienes quería acudir eran mamá y papá. El miedo me había envuelto como una gran capa y salí del apartamento aterrorizada de que Justin estuviera al acecho.

Para cuando mis padres llegaron a recogerme, estaba histérica y salté en el asiento trasero del vehículo, llorando de alivio y sabedora de que lo que me había ocurrido cambiaría mi vida para siempre, aunque nunca me percaté realmente de cuánto la cambiaría.

CAPÍTULO 11

Paige

—¡Paige! Vamos, cariño. Estás asustándome.

La voz de Sebastian me arrancó de mis recuerdos y me aferré al sonido tranquilizador con una desesperación que no podía explicar.

Cerré la boca al darme cuenta de que estaba gritando, suplicando a mi agresor invisible que parase.

—Lo siento —respondí, horrorizada de haber vuelto literalmente a una de las peores noches de mi vida—. Cuando vi la copa de vino…

Todo mi cuerpo temblaba cuando volví a la realidad del presente.

—No lo sientas —me interrumpió Sebastian con voz ronca—. Lo entiendo.

—Ahora sí me voy a tomar esa copa —le dije sin aliento, aún intentando no revivir algo a lo que apenas había superado para empezar.

—Te la traeré y puedes servírtela tú —sugirió inclinado sobre mí.

—No. No has sido tú, Sebastian. Supongo que al pasarme la bebida se ha desencadenado la reacción. Justin pidió un cóctel para mí y lo drogó. Desde que ocurrió aquello no he vuelto a aceptar una copa que me ofreciera nadie. Pido mi propia bebida —expliqué. No quería que Sebastian creyera que fuera en él en quien no confiaba. Lo cierto era que no aceptaba bebidas que me ofreciera nadie debido a mi historia.

Me miró con el ceño fruncido durante un momento y después fue a por las copas.

Yo la tomé de inmediato y di un par de tragos, aún presa del pánico y temblorosa por el vivo recuerdo del suceso que me había cambiado a mí y que había cambiado mi vida.

Estaba desesperada por relajarme y, por alguna razón, aquella vez no cuestioné mi elección de aceptar sin miedo el vino que Sebastian me ofrecía.

Él se sentó a mi lado mientras se aflojaba la corbata.

—¡Dios! Casi me matas del susto—carraspeó—. ¿Te ocurre a menudo?

—Nunca —reconocí—. Tuve pesadillas durante una temporada después que sucediera. Fui a terapia cuando llegué a Cambridge. Las cosas mejoraron, pero la terapeuta dijo que podría haber factores desencadenantes que lo activaran cuando estuviera estresada. Nunca ha sucedido.

—Yo diría que ver a tu atacante se considera una situación estresante.

Di otro sorbito de vino de la copa; empezaba a relajarme de la tensión acumulada involuntariamente en mi cuerpo y mente. Ahora que volvía a tener el control, me sentía avergonzada por la falta de dominio de mis emociones delante de Sebastian.

—Mira, no es tu problema. Estaré bien en casa.

—Es mi problema —gruñó Sebastian mientras posaba su bebida sobre la mesa—. Lo he convertido en mi problema.

—¿Por qué? —Ahora que estaba más coherente, seguía sin comprender por qué le importaba siquiera a Sebastian.

Este me quitó el vino de la mano y lo apoyó sobre la mesa junto a su copa.

—No tengo ni puñetera idea —respondió con aire frustrado—. Pero te prometí que estarías a salvo y, al contrario de lo que piensa todo el mundo, me tomo en serio mis promesas. ¿Te persiguió en la gala? ¿Por eso estabas fuera?

Tragué saliva, con el corazón desbocado solo de pensar en Justin persiguiéndome.

—Sí. Pero no sabe dónde vivo.

—Estás relacionada conmigo porque estabas allí. No le resultaría difícil encontrarte.

—¿Qué importa? Llamaré a la policía. —Mi respuesta sonaba más valiente de lo que yo me sentía. Me debatía entre la necesidad de recuperar el control y el miedo que aún intentaba hundirme al pensar en Justin allí, en Colorado. Había dejado la costa este para escapar de mi pasado. En lugar de eso, este me perseguía.

La mirada de Sebastian no cesaba de destellar de rabia y algunas otras emociones que todavía no lograba identificar.

—Sé que te hizo daño, Paige. Entiende que eso nunca volverá a suceder.

«Ay, Dios», ahí estaba otra vez esa expresión facial en el rostro de Sebastian que en realidad no entendía. Me recordaba la posesividad, pero no era eso exactamente. No estaba dando muestras de un comportamiento egoísta ni malicioso. Lo cierto es que parecía... preocupado.

Yo mantenía mi fachada de valentía, pero apenas. Su obstinada necesidad de protegerme me puso al límite. Era una sensación nueva y embriagadora después de estar tan sola durante tanto tiempo.

¿Cómo sería sentirse adorada y protegida? Aunque solo fuera mi imaginación lo que me hacía sentir así.

Él se puso de pie y tomó mi mano.

—Déjame mostrarte tu habitación. No discutas conmigo. Te quedarás aquí, donde sé que estás a salvo, joder.

Mi deseo de disentir estaba desapareciendo lentamente. Estaba tan aturdida y fatigada que me quedaban muy pocos ánimos para luchar, y sabía que no iba a pegar ojo si estaba sola en casa.

Apenas eché un vistazo al bonito salón por el que pasamos cuando me dirigía hacia un ascensor que accedía al ático.

—¿Tienes un ascensor en tu casa?

Sebastian se encogió de hombros.

—Resulta muy útil cuando hay que subir un montón de cosas —dudó un instante antes de añadir con tono seco—: Creo que he tomado cariño a los ascensores desde que te conocí.

Le sonreí débilmente, recordando las veces que nos habíamos encontrado en el ascensor. Tenía que admitir que parecía bastante normal subir en un ascensor con el olor de Sebastian volviéndome loca en el pequeño espacio cerrado.

Sabía que iba a ceder y a quedarme allí, al menos por una noche. Me sentía cansada y sin agotada, como un trapo. La sobrecarga emocional había hecho mella y quería estar en un lugar seguro para dormir y descansar.

—Gracias —pronuncié en voz baja, más agradecida por su amabilidad inesperada de lo que podía expresar.

Cuando salimos del ascensor, preguntó:

—¿Por qué? ¿Por mantener una promesa?

—Por ser tú —respondí con sinceridad.

Sebastian era un enigma que no había resuelto aún, pero se había mostrado tan preocupado y empático. Y eso que yo era casi una extraña para él. No necesitaba aceptar la responsabilidad de protegerme después de mi encuentro con Justin, pero pareció cargar la tarea sobre sus anchos hombros sin pensárselo dos veces.

Una luz tenue se encendió a distancia cuando pasamos por la puerta, revelando una de las habitaciones más bonitas que había visto en toda mi vida. Solo el dormitorio era tan grande como mi apartamento y, a juzgar por la puerta al otro lado del enorme espacio, supuse que tenía un baño privado. De un estilo costero elegante, en suaves tonos azulados y verdosos, no era la única habitación decorada como para intimidar ni impresionar. Era un espacio donde relajarse.

—Es preciosa —dije con voz suave y susurrante, todavía intentando asimilar lo que me rodeaba.

—Descansa. Relájate. Hay ropa en el armario. No estoy seguro de qué hay, pero sírvete. Voy a darme una ducha.

Antes de que pudiera volver a darle las gracias, Sebastian se había esfumado. Oí el sonido de una puerta al cerrarse a poca distancia en el pasillo, así que estaba casi segura de que probablemente su habitación estaba al lado.

Mis pies desnudos se hundieron en la lujosa alfombra al caminar hacia el armario, donde averigüé que contenía bastante ropa de mujer. La mayor parte del atuendo era informal: pantalones, camisetas, suéteres y camisas de franela. Al final encontré un camisón sencillo de algodón y lo descolgué de la percha, sintiéndome culpable por tomar prestada la ropa de alguien.

Antes de que el remordimiento se asentara, me percaté de que la prenda aún tenía la etiqueta.

«Es nuevo», pensé preguntándome si le pertenecía a una antigua novia que no había tenido oportunidad de ponérselo, pero cuando fui a cerrar la puerta del armario, vi que muchos de las prendas todavía tenían etiquetas.

—Espero que la dueña, sea quien sea, no se cabree —musité para mí misma, tan impaciente por quitarme el vestido que llevaba que me dirigí al baño.

Aunque esperaba con ganas una ducha caliente y quitarme el vestido, que todavía estaba un poco húmedo a lo largo del dobladillo, inerte y frío, me invadió una sensación de ansiedad que no había sentido en mucho tiempo.

El baño privado era tan hermoso como el dormitorio. Miré la bañera con nostalgia y suspiré, deseando poder sumergirme en el agua caliente e intentar desesperadamente volver a calentar mi alma.

Estaba agotada emocionalmente, asustada y presa de la vieja sensación de vergüenza e impotencia que había experimentado justo después de la violación de Justin. Durante años, la había enterrado e intenté centrarme únicamente en mi futuro.

Aquella noche, esa técnica no estaba funcionando. Había asistido a terapia, pero mis viejos fantasmas habían vuelto a perseguirme; detestaba sentirme vulnerable.

Me quité el precioso vestido, lamentando el hecho de que probablemente no tenía arreglo. Después de quitarme la ropa interior, la lavé a mano y la colgué en una de las muchas perchas que había en el cuarto de baño.

La ducha estaba caliente, pero no consiguió hacer entrar en calor los fríos vacíos en mi interior que ahora parecía ver que aún existían.

El baño lo tenía todo, y todos los artículos eran nuevos. Desenvolví un cepillo y empecé a peinarme el cabello recién lavado antes de ponerme el camisón y mirar mi reflejo en el espejo.

Mi mirada parecía... turbada, que era exactamente como me sentía. Odiaba a Justin por volver a aparecer y a poner mi vida patas arriba. Me había convertido en un conejito asustado y estaba resentida por eso.

Y lo que era aún peor, Sebastian había estado allí para ver cómo me desmoronaba. También despreciaba a Justin por eso. De acuerdo, Sebastian me había apoyado y siempre le estaría agradecida, pero ninguna profesional quería perder los nervios delante de uno de los dueños de su nueva empresa.

—¡Cabrón! —dije ferozmente al recordar la expresión petulante de Justin aquella noche, cepillándome el cabello más fuerte de lo necesario.

—¿Otra vez hablando de mí? —preguntó Sebastian desde la puerta.

Su voz me sobresaltó y mi cuerpo se sacudió visiblemente al girar la cabeza para verlo apoyado en la jamba de la puerta, con aspecto tan seguro de sí mismo ataviado con unos pantalones de chándal y una camiseta como cuando llevaba esmoquin.

Su cabello parecía más oscuro porque seguía mojado y sus labios estaban alzados en una sonrisa burlona.

—Tú no —reconocí mientras volvía a tirar del cepillo por mi pelo y me volvía hacia el espejo.

Mirar a Sebastian era peligroso. Quería sumergirme en su naturaleza apasionada y ver cómo era ser verdaderamente atrevida.

En los negocios, tenía autoconfianza. En lo personal, básicamente era una ermitaña. Sí, ponía la excusa de que estaba ocupada con mi carrera, pero en realidad era una cobarde, temerosa de experimentar la vida como lo había hecho Sebastian. Nunca había viajado ni había estado lo bastante libre como para hacer nada espontáneamente. No se trataba de que quisiera ir de fiesta en fiesta, pero sí me habría gustado saber cómo era divertirme un poco en la vida. Hacía tanto tiempo que no podía recordar la última vez que había hecho algo sin planearlo cuidadosamente, a excepción de la gala a la que había accedido a asistir con Sebastian aquella noche. Y esa decisión espontánea había resultado mal. Muy mal.

Se acercó detrás de mí y me quitó el cepillo del pelo.

—Vas a arrancarte todos los mechones de esa preciosa cabellera —dijo arrastrando las palabras con su acento relajado—. ¿Qué te pasa?

Sebastian me cepilló el pelo con cuidado y ternura, esperando a que respondiera.

—Aparte del hecho de que no parezco capaz de recobrar la compostura, no lo sé. —No reconocía mi debilidad a nadie excepto a Kenzie, pero estaba cansada de engañarme. No siempre era fuerte. No siempre era valiente. Era humana.

Tenía necesidades básicas que en esencia había ignorado desde que me violara uno de los capullos narcisistas más viles que había conocido. Sí, mantenía una gran apariencia, una actuación; solo Kenzie había mirado más allá de la misma para ver a mi verdadero yo.

Sebastian permaneció detrás de mí y terminó de cepillarme el cabello suavemente, con aspecto de estar deleitándose con la tarea.

—No siempre tienes que estar equilibrada —comentó con dulzura.

—Sí —respondí yo enérgicamente.

—¿Y qué va a pasar si no lo haces? El mundo no se acabará si te tomas un tiempo para recuperarte.

—Han pasado años desde que ocurrió el suceso —argumenté—. Debería haberlo superado a estas alturas.

Nuestros ojos se encontraron en el espejo y, una vez más, me sentí abrumada por un sentimiento de conexión con él. Su mirada avellana me tranquilizó de veras.

—Cariño, algunas cosas nunca se superan del todo. Simplemente aprendemos a seguir adelante y a lidiar con las emociones cuando surgen —dijo arrastrando las palabras.

—Nunca pensé que volvería a sentirme así —revelé temblorosa.

Había pasado página, pero tal vez nunca hubiera superado completamente la injusticia de aquella situación. Justin se había librado después de violarme y cuando vi su cara aquella noche, todas las emociones que creía que nunca volvería a sentir emergieron a la superficie: rabia, miedo, remordimiento, vulnerabilidad y una impotencia paralizante, todas despojándome de la sensación de seguridad que había logrado con tanto esfuerzo.

—Tienes derecho a sentirte enfadada y asustada —respondió Sebastian mientras dejaba el cepillo y me rodeaba la cintura desde atrás—. No sigas intentando ocultarlo o esos sentimientos acabaran devorándote por dentro.

Dejé caer la cabeza sobre su hombro, agradecida por su cuerpo fuerte y musculoso y por la manera en que parecía notar lo que estaba pensando.

Sabía cómo me sentía. Todas sus palabras reconfortantes me lo confirmaban de forma escalofriante.

—¿Tú dejaste que te devorasen tus emociones? —pregunté con curiosidad.

—Muchas veces —reconoció de buena gana—. Pero llega un momento en que las afrontas y dejar de huir.

¿Era aquello lo que había estado haciendo durante todos esos años? ¿Había estado evitando volver a la vida real aislándome con la universidad y el trabajo?

—¿Cuándo supiste que ya era hora?

Me dio un tierno beso en la mejilla.

—Supongo que es distinto para todos. Pero yo lo supe cuando volví a ver a mis hermanos y me di cuenta de que estaban haciendo algo con sus vidas. Demonios, aun después de todo por lo que había pasado Dane, estaba creando arte y haciéndose alguien de renombre. Eso me hizo comprender lo inútil que era para la sociedad, cuánto me había distanciado de todos a quienes pudiera importarles una mierda. Creo que quería alejarlos de mí.

Pensé en ello durante un momento antes de preguntar:

—¿Por qué?

—Porque no había encontrado mi propia fuerza. En realidad no creía tener ninguna. Cuando te atontas bebiendo y fumando, no tienes que hacer ninguna autorreflexión. Solo... flotas.

—¿Estoy escondiéndome?

—Apuesto mi vida a que sí —respondió Sebastian de inmediato—. Lo veo en ti porque yo mismo conozco ese escape de sobra.

Su voz era ronca y áspera. Yo sabía que estaba compartiendo una parte de sí mismo que raramente le revelaba a nadie. Quería ser igualmente sincera con él.

Me giré hacia él, le rodeé el cuello con los brazos e incliné la cabeza hacia atrás para verle la cara. Su expresión era franca, sus ojos me revelaban todas sus emociones. Mi corazón se agitó porque sabía que sincerarse sobre su pasado atormentado no era fácil. Lo estaba haciendo por mí, para que yo entendiera que él había estado donde yo me encontraba ahora. De pronto deseé poder haber estado allí para él cuando luchó con los acontecimientos que cambiaron su vida.

Las palabras fluyeron de mis labios en respuesta a la forma en que se había hecho vulnerable.

—Yo solía ser una idealista. El derecho corporativo no era mi primera opción. Pero pensé que me haría más poderosa, así que me concentré en lo que me diera fuerzas. Cuando estaba en la universidad, pensaba que conocería al chico adecuado y nunca abandoné la esperanza, aunque la mayor parte de mis amigas ya tenían novio formal para cuando terminamos el grado. —Suspiré con aire trémulo antes de inspirar rápidamente para soltarlo todo—. Mi madre decía que lo sabría cuando llegara el hombre adecuado. Nunca me había sentido así con nadie antes de que Justin me violara.

—Sí, Trace me dijo lo mismo sobre conocer a la persona adecuada. —La expresión de Sebastian se tornó sombría de repente—. ¿Qué estás intentando decir, Paige? Por favor, no me digas que...

—¡Sí! —estallé al interrumpirlo—. Quiero contártelo. Era virgen cuando Justin me violó.

CAPÍTULO 12

Sebastian

«¡Voy a matar a ese jodido cabrón!». Supe qué iba a decir Paige antes de que las palabras salieran de su boca con dificultad, y una furia que no había sentido nunca me consumió. Tal vez simplemente estuviera acostumbrado a estar fumado o bebido, así que nunca había reaccionado con especial violencia ante nada. Pero sabía que era más que eso.

Pensar en Paige completamente inocente e incapaz de protegerse mientras un maldito criminal jugaba con ella me volvió completamente loco.

Estaba intentando mantener la compostura por Paige, pero mis emociones coléricas se agitaban bajo la superficie. «Puta rabia asesina». Lo único que quería realmente era ver sufrir a Justin Talmage. Pero su papaíto rico lo había protegido, joder. Ese cobarde vomitivo había abusado de alguien sin el poder de su familia, una chica que aún soñaba con conocer a un hombre al que amara.

No solo la había violado el muy cabrón, sino que además le había arrebatado su inocencia de más de una manera.

«¡Dios! ¿Alguna vez fui un rico cabrón y malcriado como él», pensé. De inmediato, ignoré ese pensamiento errante y furioso. Tal vez fuera un chico a la deriva, pero desde luego que nunca había drogado y violado a ninguna mujer que no estuviera dispuesta a acostarse conmigo. Me había acostado con muchas, pero siempre había sido completamente consentido.

Bajé la mirada hacia Paige, una mujer que quedó completamente destrozada por lo que le había hecho Talmage, pero que había vuelto a levantarse para seguir luchando por su vida. Y, caramba… tenía éxito, a pesar de su tormento interior. Un vistazo a sus notas en Harvard además de que tuvo que mantenerse mientras sacaba esas notas perfectas me hizo sentir como un puñetero holgazán.

Al final, me tragué mi reacción intensa y pregunté:

—¿Necesitaste tratamiento médico?

«Dios. Por favor, di que no», supliqué para mis adentros.

—Me dolió tanto que me sentí agradecida por los momentos en que las drogas que me dio hicieron que el dolor desapareciera. Pero después no fui al hospital. Apenas podía caminar y me desperté en mi casa, cubierta de tanta sangre que me dio miedo. Lo único que podía pensar era que tenía que lavarme la fealdad y la suciedad y luego salir de mi apartamento. Cuando dije que me había violado, me refería a todas las formas posibles —compartió en voz baja.

Sabía perfectamente lo que quería decir. También la había penetrado analmente, y ella había sangrado por todas partes.

—¿Qué hiciste?

—Afortunadamente, me curé. El dolor desapareció. Acudí a las únicas personas en quienes confiaba… mis padres.

Entonces, sus padres no le dieron el consuelo que necesitaba. Dios, aquello hacía que me doliera el pecho como un demonio.

—¿Así que nunca has tenido novio?

Ella me miró con una ceja levantada por dar rodeos.

—Lo que quieres preguntarme es si volví a tener sexo alguna vez.

Paige tenía razón. Quería saberlo.

—Sí.

—Lo intenté. No quería implicarme emocionalmente, pero busqué a un hombre que pudiera hacerme sentir algo bueno cuando ya estaba en la Facultad de Derecho y había asistido a terapia.

—¿Y?

Bajó la cabeza.

—No sentía nada. Si la siguiente pregunta es si alguna vez he tenido un orgasmo, te diré que no. Creo que tengo una disfunción sexual. Ya ni me molesto en intentarlo.

Así que había intentado que unos cuantos universitarios torpes le hicieran sentir placer en lugar de dolor, y no lo había sentido.

—Puedo hacer que lo tengas, Paige —dije, la voz áspera de deseos de tocarla, ver la respuesta de su cuerpo mientras gritaba mi nombre al encontrar su desahogo. Aquella mujer merecía ver que el sexo no siempre era malo. Y yo, desde luego, necesitaba ser quien se lo mostrara.

Por alguna razón, siempre había tenido la necesidad desesperada de verla inmersa en un orgasmo tremendo.

Paige sacudió la cabeza.

—He renunciado a intentarlo. Y aunque tengo que reconocer que me siento atraída por ti, no puedo tener sexo contigo. Eso complicaría las cosas.

—No tiene por qué complicarlas.

Ella se escurrió de entre mis brazos y sentí la pérdida de inmediato.

—Sebastian, eres el dueño de Walker. Yo soy una abogada junior. Quiero este trabajo.

—¿Lo quieres? Has dicho que el derecho corporativo no era tu primera opción.

—Es todo lo que tengo —musitó, aún sin mirar hacia arriba.

Su respuesta melancólica me golpeó en el estómago y me dejó con ganas de decirle que me tenía a mí, joder.

Sabía que intimar con ella nos complicaría la vida, pero no me importaba. Quería que las cosas se complicaran como el demonio, joder. Por primera vez en mi vida, lo único que quería era a una mujer... a ella. Ninguna mujer me había hecho reaccionar de aquella manera y no estaba seguro de que me gustara. Pero estaba condenadamente seguro de que no podía ignorarlo.

—Solo sexo —sugerí, mintiendo como un bellaco—. Sin compromiso, durante un mes. Si no logro hacer que tengas un orgasmo, puedes dejarme. No mezclaré negocios con placer. Sin resentimientos por ninguna de las dos partes. Podríamos llamarlo... un experimento.

Mi oferta la dejó sin argumentos y prácticamente pude ver lo que estaba pensando por sus expresiones faciales cambiantes. Estaba pensándoselo, pero yo no estaba del todo seguro de que fuera a aceptar mi oferta.

Sinceramente, era puramente egoísta. Quería echarle el guante a Paige Rutledge, pero sabía que una vez lo hiciera, se complicaría. Cuando fuera mía, sería tan posesivo con ella como mi hermano con Eva. Carajo, ya estaba en camino.

El problema era que no quería asustarla. Mi instinto anhelaba hacer que se sintiera importante, deseable, y ser el chico a quien acudiera cuando necesitara algo.

—No puedo —susurró, apenas lo bastante alto como para que lo escuchara.

Avancé y la sujeté contra el tocador, apoyando una mano a cada lado de la encimera para que no pudiera escabullirse. Me aferraba tan fuerte al granito que se me pusieron blancos los nudillos.

Sus días de huir y esconderse habían terminado. Ese comportamiento no era propio de Paige; era su historia.

—Sí puedes. Di que sí —la engatusaba—. Déjame mostrarte cómo puede ser.

No era tímido en cuanto a mis habilidades para hacer que las mujeres llegaran al clímax. Sin duda, había perfeccionado bastante esos talentos a lo largo de los años. Y la química entre Paige y yo era inflamable.

Incapaz de contenerme, me incliné para besarla tan profundamente que dejara de pensar con la cabeza y respondiera con el cuerpo. Al menos, esperaba que lo hiciera.

Era un beso que pretendía provocar, tentar y conseguir de ella la respuesta que quería. El corazón me golpeó en el pecho cuando se abrió a mí, se abrazó a mi cuello y empezó a darme lo mejor que tenía.

Una sensación de alivió fluyó por mis músculos tensos. De ningún modo iba a presionarla más. Tenía que elegirlo ella. Pero yo estaba más que dispuesto a persuadirla sin pasarme de la raya.

El pene se me puso tan duro como para cortar un diamante cuando gimió contra mis labios, el cuerpo tembloroso mientras yo mordisqueaba su labio inferior y después su cuello, empujando la entrepierna contra su cuerpo para hacerle saber cómo estaba reaccionando exactamente.

—Te deseo, Paige —confesé—. Siempre te he deseado.

—Sebastian —dijo con un suspiro, inclinando la cabeza hacia atrás para darme mejor acceso a la piel sensible que necesitaba reivindicar—. Sí.

Era la única palabra que quería escuchar realmente. Dudaba que estuviera accediendo a nuestro acuerdo, pero por ahora, decidí fingir que sí.

En ese momento, estaba lo bastante desesperado como para hacer cualquier cosa.

—Puedo hacer que sea bueno para ti. —Una de dos: o hacía que fuera explosivo para ella o moriría en el intento.

—Solo sexo —gimió.

—Sí —accedí de buena gana. Sexo, por ahora. Todo lo demás podría decidirse más tarde.

—Sí —volvió a gemir ella cuando le agarré el trasero y la atraje contra mí—. Pero solo por esta noche.

—Esta noche, no. —Fue doloroso decir esas palabras mientras respiraba su fragancia fresca y limpia. A pesar de que sabía que probablemente no tenía su champú, vaya si no seguía teniendo el mismo aroma seductor.

Frotó su suave mejilla contra mi barba de tres días como un gato que frota su piel contra la gente o superficies convenientes.

—Esta noche —exigió ella—. Solo esta noche. Luego nos sacamos esta espinita y pasamos página.

La besé de nuevo; necesitaba hacer que esta mujer me perteneciera de alguna manera. La necesitaba de maneras inexplicables. Sí, tenía que poseer su cuerpo. Pero había mucho más...

—No, nena. No después de lo que has pasado esta noche.

—Te necesito, Sebastian.

«¡Dios!». Nunca me necesitaría tanto como yo la necesitaba a ella.

—No voy a acceder a una sola noche. Es imposible que mañana no vaya a querer acostarme contigo y al día siguiente y al otro. —Era lo único en lo que pensaba últimamente. Para mí, aquello era algo más que echar un polvo.

—Es lo único a lo que puedo acceder —respondió con remordimiento en la voz.

Quizás fuera lo único que ella podía prometer, pero yo conseguiría más.

—Esta noche —accedí a medias, sin molestarme en mencionar que no pensaba convertir aquello en un rollo de una noche.

—Estoy un poco nerviosa —admitió atrevidamente—. Hace mucho tiempo.

—Si no llegaste al orgasmo, hace toda la vida —le dije malhumorado antes de tomarla en brazos y sacarla de la habitación que le había dejado para dormir y dirigirme pasillo abajo. Si aquel sueño húmedo surrealista iba a convertirse en realidad, sería en mi cama—. No tengas miedo de mí, cariño. Por favor, no temas. Nunca te haría daño.

Una de las razones por las que no quería reivindicarla aquella noche era, simplemente, que sabía que aún estaba recuperándose de haber revivido lo ocurrido con Justin.

—No te tengo miedo —contestó ella.

«Bien, eso es algo», pensé.

—Tampoco te pongas nerviosa. Solo quiero hacerte sentir bien.

Ella suspiró y apoyó la cabeza sobre mi hombro, un gesto de confianza que casi hizo que mi pecho estallara cuando respondió:

—No soy la mujer glamurosa habitual con toneladas de experiencia a la que estás acostumbrado. Tengo más miedo de decepcionarte.

De acuerdo. Aquel comentario fue como una cuchillada en el estómago. Paige me tenía loquito, ¿y tenía miedo de no hacerme feliz?.

—Solo estar contigo ya me hace feliz, cariño —le respondí con voz ronca mientras entraba en mi habitación.

—¿Por qué?

No podía contarle cómo me sentía realmente, cuán conectado me había sentido con ella casi desde el momento en que nos conocimos. La deseaba, la respetaba, admiraba su valor y, claramente, adoraba su espíritu.

Me encogí de hombros ante su pregunta.

—Nos entendemos —respondí sencillamente.

Ella frunció el ceño cuando la dejé de pie.

—¿Sí? No estoy segura de entender siempre obtengas lo que quieres de mí.

«¡Todo!», pensé. De acuerdo, no podía admitírselo o saldría despavorida hacia la puerta. Pero yo lo quería todo. Las complicaciones, la risa que con tan poca frecuencia salía de sus preciosos labios, su sonrisa auténtica, sus preguntas inquisitivas, su cuerpo, su corazón y su puñetera alma.

Sabía que estaba volviéndome igual que el monstruo verde que Trace era con su esposa, pero me tragaría cada palabra que le había dicho nunca si pudiera tener a Paige.

—Ahora mismo, solo te quiero desnuda —le dije sin rodeos.

Tuve que tragar un nudo en la garganta cuando empezó a cumplir.

CAPÍTULO 13

Paige

Lo único que tenía que hacer era quitarme el camisón y estaría tan desnuda como el día en que vine al mundo.

Comencé a hacerlo y luego vacilé.

«¿Qué demonios estoy haciendo? Es imposible que me acueste con él esta noche y lo olvide mañana», me dije. Pero estaba tan cansada de huir de todo lo que me asustaba o, simplemente, de evitarlo por completo. El vacío en mi interior era profundo y lo único que quería era una noche para mí, una noche para reemplazar los recuerdos que de pronto y constantemente se me venían a la cabeza.

Sebastian deseaba mi cuerpo. Yo quería sentir placer. Debería ser la situación perfecta, pero yo ya sabía que no lo era. Empezaba a importarme y yo no me acostaba con hombres que eran un peligro emocional para mí. Aunque no era como si nunca hubiera conocido a ninguno. Sebastian era una nueva clase de tentación y yo estaba perdiendo todo pensamiento racional rápidamente.

Ese preciso instante, solo quería perderme en él y olvidar que era vulnerable. Por una vez, estaba preparada para ser egoísta y espontánea. Me quité la prenda de un tirón por encima de la cabeza y la arrojé al suelo. Iba a hacerlo y saborearía cada momento.

Él se quitó la camiseta rápidamente, señal de que estaba igual de dispuesto a desnudarse para mí como yo lo estaba haciendo para él.

Se me hizo la boca agua al mirar descaradamente la abundante piel suave que cubría los duros músculos de su pecho, bíceps y abdomen.

«¡Jesusito de mi vida!». Sebastian me había dejado sin respiración y ni siquiera lo había tocado todavía. Generalmente, querría cubrirme el cuerpo, pero si Sebastian iba a enseñarme el placer, conocería cada curva generosa íntimamente antes de que terminara aquella noche. Bien podía mirar y ver en qué estaba metiéndose.

El deseo en sus ojos me tranquilizó y sorprendió, así que me adelanté y, con atrevimiento, tiré de la cuerda de sus pantalones de chándal grises.

—Piérdelos —exigí, ansiosa por echar mi primer vistazo a lo que ya sabía que iba a ser una vista increíblemente hermosa. Su torso era ancho y liso, fuerte y musculoso. Obviamente, era un deportista muy activo o entrenaba. Teniendo en cuenta lo mucho que trabajaba y lo grande que era su casa, supuse que tenía un gimnasio allí.

Di un paso atrás y observé mientras se bajaba los pantalones, revelando lo que había debajo de ese sí ese seductor rastro de vello color arena que caía desde debajo de su ombligo y desaparecía misteriosamente en la cinturilla de sus pantalones. Sus ojos no me abandonaron ni un momento cuando se quitó de una patada la última prenda que me impedía mirarlo embobada en toda su gloria.

Yo lo mire desvergonzadamente durante no sé cuánto tiempo. Únicamente sabía que era tan increíblemente masculino y perfecto que apenas podía respirar.

Las líneas marcadas en su rostro y sus puños cerrados me hicieron percatarme de que estaba esperando. Iba a dejar que yo tomara la iniciativa. Quizás temiera asustarme, pero el miedo era lo último en lo que estaba pensando en ese momento.

Mi cuerpo reaccionó y mi sexo se empapó de deseo cuando di un paso al frente y, por fin, apoyé las palmas en su torso, deleitándome en el tacto de su piel cálida. Con ellas tracé sus pectorales antes de descender para seguir esa línea de vello tentadora que conducía a un miembro enorme.

Estaba ahogándome en sensaciones solo por el tacto de su cuerpo y no podía esperar a sentir nuestra conexión piel con piel. Vacilante, envolví su verga con los dedos, acariciando la piel sedosa que recubría el miembro duro. Nunca había tenido la oportunidad de acariciar a un hombre, y la libertad de tocarlo era excitante.

Tracé el glande, arrastrando la gota de deseo que lo salpicaba; después me llevé el dedo a la boca, muriéndome por probarlo. Cerré los ojos mientras me lamía su esencia del dedo, saboreando un gusto que se parecía mucho a su aroma: masculino, seductor y absolutamente delicioso.

—¡Joder! —gritó Sebastian—. Como vuelvas a hacer eso otra vez, no creo que pueda resistirme a tocarte. Quiero darte tiempo, dejar que te acostumbres a mi cuerpo. Pero no creo que pueda aguantar esto mucho más.

Lo miré, y la mirada tumultuosa en su rostro me estimuló. Quería que me tocara. Si bien apreciaba su moderación por mi bien, era completamente innecesaria. No tenía miedo de Sebastian; quería sumergirme en él, dejarme arrastrar.

Puse mi dedo en su miembro de acero, lo acaricié, luego lo coloqué en su hendidura para agarrar una gota de deseo antes de llevármelo a los labios. Antes de lamerme el dedo, lo miré fijamente y le dije en tono provocador:

—Entonces creo que vas a tener que tocarme —dije antes de sacar la lengua y volver a degustar su sabor.

—Maldita sea, Paige. Quiero ser paciente...

—No lo seas —supliqué—. No me trates como una flor frágil. No lo soy. Échame un polvo como se lo echarías a cualquier otra mujer que se te ofreciera.

—No eres ninguna otra mujer —respondió con voz áspera—. Eres distinta. Siempre has sido diferente. No voy a hacértelo obsceno como si fueras otro polvo.

Me daba cuenta de que estaba completamente excitado, pero conteniéndose porque quería que me sintiera cómoda. «¡A la mierda con la comodidad!», pensé. Estaba ardiendo, mi cuerpo empezaba a temblar con una necesidad insatisfecha que nunca había experimentado.

Le rodeé el cuello con los brazos y ensarté mis dedos entre sus gruesos mechones.

—Puede que me guste lo obsceno —argumenté—. Solo sé que si no empiezas a tocarme, voy a explotar.

Finalmente, presioné mi cuerpo contra el suyo y atraje su cabeza para besarlo, gimiendo contra sus labios cuando nuestra piel ardiente se fundió en el placer más exquisito que jamás había experimentado.

—¡Que se joda! —dijo Sebastian, justo antes de rodearme la cintura con sus brazos férreos y tomar el control absoluto del beso, su lengua penetrándome la boca en un aluvión de dominación que me excitó aún más.

De pronto, sus manos estaban por todas partes. Con ellas me acarició el trasero y la espalda, abajo de nuevo, cambiando de postura una y otra vez, como si no quisiera dejar sin tocar ni un centímetro de mi piel.

Mi cuerpo se derritió de placer a medida que el beso se volvía más insistente y exigente, sus manos imperiosas y necesitadas. Pasé los dedos de su cabello a sus hombros, acariciándolos, explorándolos, como él hacía conmigo. Tenía los pezones duros y sensibles, y cada movimiento de su cuerpo no hacía sino aumentar el roce sensual de las puntas contra su cuerpo duro.

Nos besamos y nos tocamos como si estuviéramos desesperados, como si conectar con el otro fuera esencial para nuestra supervivencia. Finalmente, separó su boca de la mía y me mordisqueó el labio inferior antes de suavizarlo con la lengua y empezar a acariciarme con la boca la piel sensible del cuello.

—Dios, Paige. Te siento aún mejor que en mis fantasías — carraspeó contra mi cuello.

Yo me estremecí cuando me rozó el lóbulo sensible con la lengua y pude sentir su aliento cálido en el oído.

—No sabía que tenías fantasías sobre mí —jadeé sin aliento.

—Cientos de ellas —respondió mientras avanzaba, empujándome hacia su enorme cama—. Desde que nos conocimos te he echado por lo menos cien polvos en mi imaginación.

Mis muslos golpearon el borde de la cama y Sebastian me tomó en brazos para dejarme caer suavemente en el centro del suave edredón. Estaba sobre mí, plantándome dulces besos en la boca antes de que pudiera extrañar el calor de su cuerpo.

—¿Te gustó? —coqueteé mientras él me sujetaba las manos por encima de la cabeza con delicadeza.

—Esto es muchísimo mejor —dijo arrastrando las palabras con un tono gutural y grave junto a mi oído; la intensa afirmación hizo que una estela de calor serpenteara por mi columna.

Su boca descendió y finalmente rozó un pezón sensible mientras él exigía:

—No me toques. Ahora no. Tú relájate.

Liberó mis muñecas y se deslizó más abajo, ahuecándome los pechos con las manos, que se trasladaron a los bordes exteriores mientras sus dedos se cerraban en un movimiento circular perezoso hacia las puntas, tan erectas que casi agonizaba.

Cuando su boca descendió por fin para cubrir uno de mis pezones, grité de alivio al inundarme una oleada de placer.

—Sí —gemí—. Por favor.

Él jugueteaba alternando entre pecho y pecho, volviéndome loca tan lentamente que cerré los ojos y arqueé la espalda.

—Paciencia, nena —dijo lentamente antes de que su lengua se deslizara para abrirse paso cuerpo abajo, excitándome.

—He esperado casi veintisiete años —le recordé con intensidad, ensartando mis manos en su pelo para hacer que se moviera más rápido.

Escuché su risa divertida mientras se movía entre mis muslos y los separaba para acomodar su enorme cuerpo.

—Relájate —canturreó de nuevo—. No tienes que hacer nada excepto venirte.

De repente me di cuenta de que estaba bajando la cabeza entre mis muslos. Mi cuerpo se retorció, exigiendo satisfacción.

—No. Yo no hago eso. Solo échame un polvo —supliqué.

Él me ignoró y se colocó para estar exactamente donde quería.

—¿Nunca? Bueno, cariño. Sin duda, te has perdido algo muy rico.

Suspiré. No sabía cómo se sentía el sexo oral. Nunca me lo habían hecho y no estaba segura de querer empezar ahora. Mi cuerpo anhelaba, suplicaba algo. Estaba casi segura de que suplicaba que Sebastian volviera a mí y me diera lo que necesitaba.

Todo mi cuerpo se sacudió cuando sentí su lengua atravesando mi piel trémula, tocando mi clítoris por un instante.

—Ay, Dios.

No fue despacio. Devoró mi sexo atrevidamente como un hombre que lo necesitaba como el aire que respiraba. Su lengua lamió mis jugos con ansia y yo me estremecí cada vez que tocaba el sensible manojo de nervios que suplicaba su atención.

—¡Que rico! —grité retorciendo las manos sobre el sedoso edredón de la cama.

Cerré los ojos mientras Sebastian aplicaba en mi clítoris una presión que no sabía que necesitaba y entonces deslizó un dedo en mi canal resbaladizo.

Me hizo un dedo, con delicadeza al principio, pero a medida que me excitaba y me humedecía, introdujo un segundo dedo en mi vagina estrecha, y su lengua empezó a repicar a un ritmo alucinante centrándose en mi clítoris.

Un nudo de calor empezó a desatarse en mi vientre, extendiéndose hacia abajo, donde Sebastian tocaba mi cuerpo como si fuera un instrumento que dominara a la perfección.

—Sebastian —gemí—. Sí. Más fuerte.

Él me tuvo en cuenta y yo enredé los dedos en su pelo sosteniéndole la cabeza contra mi sexo mientras todo mi cuerpo empezaba a prender en llamas.

Mi primer orgasmo no llegó suavemente; el muy puñetero me atravesó el cuerpo como una apisonadora mientras oleada tras oleada de sensaciones y deseo me golpeaban. Grité al arquear la espalda del placer y de la agonía de mi desahogo explosivo.

—¡Sebastian! ¡Sí! ¡Sí!

Estaba tirándole del pelo cuando la parte agonizante terminaba y el placer persistía en ondas que abrumaban mis sentidos.

Me temblaban las piernas y mi cuerpo saciado estaba cubierto por una pátina de sudor mientras Sebastian continuaba chupándome la vulva hasta lamer con avidez cada gota de fluido que había inundado mi núcleo cuando llegué al orgasmo.

No podría pensar. No podía moverme. No podía procesar lo que acababa de ocurrir, así que dejé que el placer después del clímax se quedara conmigo mientras jadeaba sin aliento.

Me aferré a Sebastian a medida que gateaba sobre mi cuerpo, abrazándome a su cuello tan fuerte que no estaba segura de no estar asfixiándolo.

—Gracias —jadeé, aún sin aliento—. Ay, Dios, ha sido increíble.

Él me besó con ternura y probé mi sabor en sus labios.

Cuando levantó la cabeza, vi el fuego turbulento en sus ojos y nuestras miradas conectadas.

—No ha sido un sacrificio exactamente, Paige. Te he imaginado así desde el momento en que te vi —respondió con voz ronca.

Era difícil imaginar que Sebastian hubiera experimentado una lujuria instantánea la primera vez que nos encontramos en el ascensor.

—Fui una zorra la primera vez que nos vimos.

—No importó. Te percibí de todos modos —respondió con voz áspera, la mirada llena de un calor incendiario que me hizo levantar el cuerpo instintivamente para frotarme contra él.

No estaba totalmente segura de qué quería decir, pero mi mente no estaba procesando demasiado en ese momento. Incapaz de resistirme a volver a estar piel con piel con él, rodeé su cuerpo grande con los brazos e intenté atraerlo hacia abajo para que descansara sobre mí.

—No quiero joderte, Paige. Esta noche, no —carraspeó, el cuerpo tenso de nuevo por contenerse.

—Va a joderme, Sr. Walker, o nunca se lo perdonaré. He esperado toda la vida para esto. —Sí, seguía en una nube después del orgasmo. Pero aún había vacíos en mi interior y sabía que no me sentiría completamente saciada hasta que Sebastian se hubiera unido a mí de la forma más elemental. Necesitaba sentirlo parte de mí, aunque solo fuera durante un instante.

Las comisuras de sus labios empezaron a curvarse como si estuviera conteniendo una sonrisa cuando respondió:

—¡Dios! Me encanta ese tono profesional tan sucio.

Su boca se posó en la mía con una pasión imponente que solo podía suponer que acababa de desatar.

Mi ánimo se disparó y envolví sus piernas con las mías por instinto, prácticamente trepando sobre su cuerpo y rogándole que me jodiera sin decir una palabra.

Él puso una mano entre nosotros y dijo con voz torturada:

—No debería hacerlo esta noche.

—Jódeme, Sebastian —le murmuré al oído, alentándolo, mi cuerpo tan listo para él que contuve la respiración, suplicándole en silencio que me penetrara. Aquella noche era todo lo que teníamos y yo lo quería todo, todo lo que pudiera darme.

Jadeé cuando invadió mi vaina estrecha con una fuerte embestida. Sabía que era grande y estaba preparada para eso. Lo que no había previsto era lo increíble que me sentiría teniéndolo enterrado hasta las pelotas en mi cuerpo, mis músculos estirándose para acomodar su tamaño, el corazón desbocado porque por fin me sentía... libre.

—Sebastian —musité, casi incoherente cuando agarró mi trasero con fuerza y retrocedió lo justo para volver con otra fuerte oleada—. Sí. Por favor. Jódeme.

—No puedo contenerme, Paige —dijo con tono atormentado.

—No lo hagas. Por favor, no. Lo quiero todo.

Quería experimentar la maravilla de disfrutar el sexo realmente y sabía que Sebastian era el único hombre que podía darme eso, darme todo lo que me había perdido.

—Joder. Paige —gimió mientras volvía a penetrarme una y otra vez, como si necesitara mi cuerpo igual que un animal sediento necesitaba agua. Así estaba, excitado, ansioso y desesperado. Y me atrapó en su fuego, mi cuerpo como yesca para su llama. Una vez desatada, no podía parar.

Capté su ritmo castigador y me levanté para recibir cada embestida, mi corazón acelerado, la respiración entrecortada y superficial mientras nuestros cuerpos sudorosos alcanzaban juntos el mismo objetivo.

—Te necesito, Sebastian. Te necesito muchísimo. No pares —grité estrechando las piernas a su alrededor, deseando que el éxtasis de estar con él continuara sin cesar.

Agarró mi trasero con más fuerza mientras gruñía:

—Quiero penetrarte tan profundo que nunca olvides cómo se siente cuando te jodo.

Atrajo mi cuerpo fuertemente contra el suyo agarrándome el trasero y me esforcé por aceptar todo lo que tenía.

—Nunca podría olvidarlo —gemí.

—Vente para mí, nena —exigió toscamente.

Podía sentir la misma espiral de deseo abrasador inundando mi cuerpo, pero no llegué a las nubes hasta que Sebastian me tomó del pelo y colocó mi cabeza para poder besarme. Su otra mano se deslizó entre nuestros cuerpos apretados y acarició mi clítoris con el pulgar, disparando mi cuerpo como un petardo el Cuatro de Julio.

Mi clímax crepitó por todo mi ser, mi sexo apretando su miembro mientras una cascada de oleadas de placer caía sobre mí.

Grité en el momento en que Sebastian alzó la cabeza después de un apasionado beso.

—¡Sí! —siseé al final de mi aullido de éxtasis.

—¡Paige! —gimió Sebastian mientras retrocedía y volvía a enterrarse una y otra vez en mi vaina estrecha y espasmódica.

Su rostro era feroz, su expresión torturada cuando por fin encontró su desahogo; su prolongado gemido de placer cuando echó la cabeza hacia atrás fue una de las cosas más salvajes que había presenciado. Los músculos fibrosos de su cuello estaban flexionados y su torso estaba resbaladizo y cubierto de sudor. Sin embargo, verlo en un momento íntimo como el que estábamos viviendo fue increíblemente hermoso. No había otra manera de describirlo.

Me regodeé en su placer a medida que se mezclaba con el mío, nuestros cuerpos temblando de alivio. Desenmarañando nuestras extremidades, Sebastian rodó hasta quitarse de encima de mí y me atrajo entre sus brazos mientras recuperábamos el aliento.

No dijo nada mientras nos recuperábamos, pero nuestras respiraciones irregulares rompían el silencio y pude sentir el bombeo de mi corazón cuando finalmente empezó a latir más despacio.

Una de sus manos me acariciaba la espalda y, en ese momento, encontré una paz que no había conocido desde... bueno... tal vez nunca.

Al final nos movimos y Sebastian me besó en los labios con delicadeza; empezó a acariciar mi cabello con tanta naturalidad que ni siquiera estaba segura de que se hubiera percatado de que lo estaba haciendo.

Enterré el rostro en su cálido pecho, luego apoyé la cabeza sobre este.

—Gracias —repetí, sin palabras en aquel momento. ¿Qué más podría decirle al hombre que acaba de sacudir todo mi mundo?

—¿Sigues creyendo que tienes una disfunción sexual? —preguntó en tono burlón.

—Probablemente no —convine con una sonrisa.

—Sin embargo, podríamos tener un pequeño problema —reflexionó.

—¿Qué? —No se me ocurría nada que no hubiera sido perfecto.

—No me he puesto condón, Paige —masculló arrepentido—. No quiero que me odies si terminas quedándote embarazada.

CAPÍTULO 14

Paige

Ni siquiera había pensado en usar protección. Había otras razones por las que deberíamos haber utilizado condón aparte de la posibilidad de que me quedara preñada.

—Tomo la píldora. Lo hago desde que Justin me violó.

Me estremecí. Después de esa experiencia y de la ansiedad de esperar para ver si estaba embarazada, sabía que no quería volver a pasar por eso nunca.

Su cuerpo se había tensado y sentí que se relajaba.

—Debería haber parado.

—No iba a dejarte —respondí, perfectamente dispuesta a aceptar la culpa—. Me hicieron pruebas de detección de enfermedades de transmisión sexual después del ataque. Y nuevamente después de mi último encuentro sexual durante mi revisión rutinaria, aunque se puso condón. No tengo ninguna ETS. No he estado con nadie desde entonces.

—Yo era un promiscuo hasta que vine a Denver. Pero también fui a revisión. Nunca he dejado de usar condones. Ya ni siquiera los conservo porque solo acumulan polvo. Sé que no puedo esperar que me creas, pero puedo obtener el historial médico.

Me recosté para poder verle el rostro.

—Te creo.

Él me miró confundido.

—¿Por qué?

Me reí mientras miraba fijamente su expresión confusa.

—¿Por qué no? Hasta ahora, has sido honesto conmigo.

—Porque llevaba una vida sexual de alto riesgo.

—Y siempre te ponías condón. Te hiciste revisiones. —Le acaricié la mandíbula sin afeitar—. Sebastian, yo te alenté. No me paré a pensar en las enfermedades y debería haberlo hecho. Creo que te habrías detenido si pensaras que estabas arriesgando mi salud. Sé que yo te lo habría dicho antes de que las cosas llegaran tan lejos.

—Perdí la cuenta de con cuántas mujeres me he acostado. Sinceramente, solía estar tan colocado que apenas recuerdo la mayoría de mis relaciones sexuales durante aquellos años —reconoció; sonaba arrepentido.

—No. Me. Importa. —Pronuncié cada palabra claramente. Sí, tal vez debería haber mencionado un condón. Pero sabía que no iba a quedarme embarazada y empezaba a conocer a Sebastian lo bastante bien como para saber que no me haría daño a sabiendas de ninguna manera—. Si alguien debe temer, eres tú. No tenías ni idea de que tomaba anticonceptivos.

Permaneció callado durante un momento antes de responder:

—Bueno, supongo que estamos a salvo.

Sebastian no abordó por qué no le había preocupado que me quedara embarazada, pero no pregunté. Ambos nos habíamos dejado llevar por el momento y ese era todo nuestro error.

Para ser sincera, estaba tan ajena a todo a excepción de Sebastian que casi daba miedo.

Suspiré y me acurruqué de nuevo contra él.

—De verdad, no sabía que podría ser así.

—Yo tampoco —respondió él con voz ronca.

—Has estado con muchas otras mujeres —le recordé.

—Así, no. —Sentí su barbilla rozando mi cabello mientras negaba con la cabeza.

Me abrazó posesivamente mientras yo respondía:

—Podría mejorar con más práctica.

—¿A por la segunda ronda? —preguntó, su voz divertida—. No será esta noche, cariño. Por la mañana te van a doler músculos que has olvidado que tenías. Me siento como una mierda por haberme vuelto tan brusco, pero alego locura, señora letrada.

—Esta noche es lo único que tenemos —le dije, odiando la súplica en mi voz. Sonaba patética, pero si nunca iba a volver a estar con Sebastian, quería... más.

—No, no lo es. Duerme —sugirió mientras enterraba su rostro en mi cabello—. Tienes que estar agotada.

Estaba cansada, pero mi cuerpo aún zumbaba con la adrenalina restante.

Él me levantó y me dio la vuelta para que abrazarme en cucharita, un brazo fuerte y posesivo alrededor de mi cintura. Era una postura íntima, pero sentaba bien tener nuestros cuerpos pegados de nuevo.

Dejé escapar un largo suspiro de satisfacción.

—Me he dado cuenta de que casi toda la ropa de mujer en el armario todavía tiene etiquetas. —Sentía curiosidad, pero no quería preguntarle por qué estaban allí.

—Mi tía Aileen se queda aquí conmigo cuando viene a Denver por negocios. No viene muy a menudo, pero desde que Trace está casado, dice que se siente más cómoda aquí conmigo. Esa es su habitación preferida y pidió la ropa para no tener que empacar si viene. Desde que abasteció el armario no ha tenido que alojarse aquí.

—Es la madre de Blake Colter —musité al recordar su nombre de mi investigación.

—No solo de Blake. Tiene otros hijos.

—Lo sé. Una hija y cuatro hijos: Tate, Chloe, Zane, Blake y Marcus.

—¡Dios! ¿Tienes memoria fotográfica o qué?

Sonreí.

—Que yo sepa, no, pero sí recuerdo la mayor parte de lo que leo.

—Joder, yo a veces no logro recordar los nombres de personas que ya he conocido, y mucho menos de personas que no significan nada para mí —refunfuñó.

—Es una habilidad que adquirí trabajando y yendo a la universidad. Mi tiempo de estudio se veía un poco complicado por mis trabajos. Tenía que retener todo lo que leía. —Hice una pausa antes de preguntar—: Entonces, ¿lo he recordado bien?

—Sí. Son todos ellos. Mi tía Aileen es la mujer que los maniene a todos bajo control. Dirige el resort en Rocky Springs que te mencioné.

—¿Te importa que se quede contigo?

—En absoluto. Casi nunca estoy aquí y, si ella se queda conmigo, cocina.

Me reí dulcemente.

—Así que comes de verdad.

—Es una gran cocinera. Sí, sin duda, como.

—Espero que no se enfade porque haya tomado prestado su camisón.

—No se enfadará. Te ofrecería la camisa que lleve puesta si la necesitaras. Es una mujer buena y amable —me aseguró Sebastian.

Guardé silencio mientras asimilaba la decepción de que mi cuerpo no volvería a desbordarse aquella noche, pero luego saboreé la sensación de tener el poderoso cuerpo de Sebastian contra la espalda. Desprendía calor y me mantuvo abrigada y segura mientras contemplaba las repercusiones de lo que había ocurrido aquella noche.

Sin duda, reunirse con él en el trabajo sería incómodo, pero si ambos éramos profesionales, nos las arreglaríamos.

La respiración regular que me rozaba la nuca me decía que Sebastian se había quedado dormido, su brazo aún abrazándome fuertemente en sueños, al igual que cuando estaba despierto.

Una mirada a las grandes ventanas me dijo que estaba saliendo el sol. No era de extrañar que Sebastian se hubiera dormido. Yo también estaba exhausta, pero no dejaba de imaginar distintos escenarios una y otra vez.

Se me encogió el corazón como si un puño lo apretara, un dolor aplastante y pesado en mi pecho. Había llegado la mañana y mi noche de fantasía había terminado. El problema era que Sebastian Walker me había hecho sentir todas las cosas que mi madre siempre dijo que sentiría, pero estaba fuera de mi alcance. No solo era el dueño de Walker Enterprises, sino que evidentemente estaba obsesionado con el trabajo. No estaba hecho para una relación y, yo, tampoco.

Una lágrima solitaria cayó por mi mejilla mientras seguía saboreando lo bien que me había sentido con Sebastian, cuán correcto era que él hubiera sido el hombre que finalmente me mostró lo agradable que podía ser la intimidad.

«¡Ya no puedo tener más!», me dije.

Aquella noche había sido mi aventura, mi rollo de una noche para ahuyentar algunos de los fantasmas que me perseguían. Por extraño que parezca, había funcionado. Saber que no era incapaz de llegar al clímax me abrió una puerta completamente diferente. No se trataba de que yo no hubiera intentado alcanzar un orgasmo por mí misma, pero nunca había llegado del todo. Ahora, supuse que solo había estado intentándolo demasiado. Había estado tratando de demostrar que era posible en lugar de relajarme y dejar que sucediera. Al final, me frustré y desistí.

«Ahora que sé que es posible, creo que puedo masturbarme yo».

El dolor en mi pecho seguía allí, a pesar de que aquella noche había abierto una parte de mí que nunca había visto, y mucho menos compartido. Sebastian había dicho que esta noche no era la última vez, pero no estaba pensando con claridad. Tenía que ser la única vez. No iba a convertirme en su amiga con derecho a roce, y él significaba más que eso para mí.

«Estoy enamorándome de él», me percaté.

Suspiré cuando por fin reconocí la verdad. Sebastian Walker me conmovía de maneras que nunca había creído posibles. Encajábamos. Conectábamos. De manera superficial, no podíamos ser más distintos. Pero habíamos compartido muchos problemas parecidos de distintas formas y nunca olvidaría su bondad conmigo cuando más la necesitaba.

Pero la pura verdad era que Sebastian no tenía relaciones y yo tampoco. Joder, ni siquiera estaba segura de saber cómo tenerlas. Llevaba sola tanto tiempo que no entendía cómo estar con nadie.

Tal vez, si me importara un poco menos, podríamos utilizarnos mutuamente para un aquí te pillo, aquí te mato de vez en cuando. Pero mentiría si me convenciera de que estar con él de manera informal no me haría daño. Con el tiempo, era muy posible que me destrozara.

De alguna manera, tenía que considerar aquella noche como un aprendizaje e intentar olvidar que Sebastian Walker había sacudido mi mundo tan profundamente que nunca volvería a ser la misma.

No es que lamentara lo ocurrido. No lo lamentaba. Sabía perfectamente lo que estaba haciendo. Pero esperar algo más no tenía sentido. «Aprende la lección y crece con ella».

Lentamente, a medida que la luz del día comenzaba a filtrarse desde las grietas en las persianas, empecé a retomar fuerzas.

Me liberé del fuerte abrazo de Sebastian sin despertarlo, conocedora de que mi primera línea de defensa era la distancia.

«No quiero despertarme y que todo resulte incómodo entre nosotros», me dije. Necesitaba tiempo para pensar. Anduve desnuda hasta la habitación que Sebastian me había mostrado inicialmente y recogí mi vestido y el bolso de mano. El primero estaba destrozado. Las manchas de humedad hicieron que partes de la prenda destiñeran. Busqué a tientas en mi bolso y saqué el celular para llamar a un taxi antes de robar unos pantalones y un suéter de la colección de ropa que había en el armario.

«Los reemplazaré». Planeaba ir a la tienda y reponer lo que había usado.

Usando las escaleras en lugar del ascensor, eché un breve vistazo a su casa mientras me abría camino hasta la cocina, atónita al descubrir cada nueva habitación. Sebastian no solo tenía un gimnasio completo, sino que también poseía una piscina cubierta y más *suites* dormitorio de las que podía contar. No me sorprendí al encontrar una sala de cine y una sala de juegos que tenía una mesa de billar con aspecto de usarse poco.

Toda la casa era impresionante, sin ser ostentosa. Obviamente, era un hogar destinado a ser usado y amado.

Encontré mis tacones cerca de la cocina, exactamente donde me los había quitado de una patada, y metí los pies desnudos a la fuerza en los tacones altos antes de mirar anhelante hacia arriba, al lugar donde Sebastian aún dormía.

No quería dejarlo. No quería irme. Pero mis mecanismos de defensa estaban firmemente implantados y sabía que tenía que recordar aquella noche con cariño sin dejar que mis sentimientos por Sebastian me superaran. De hacerlo, sabía que nunca sobreviviría.

Le escribí una nota breve y concisa agradeciéndole su ayuda y haciéndole saber que no podía quedarme porque tenía otras obligaciones aquella mañana. Era una mentira flagrante, pero mi mensaje indiferente sonaba exactamente como yo pretendía que lo interpretara: como un esquinazo y un recordatorio de que aquello era un lío de una noche.

Salí del garaje, presioné el botón de nuevo y corrí para despejarme antes de que la sólida puerta de metal se cerrara con un golpe terminante que me partió el alma.

«Hecho. Se acabó», me dije. Mi interludio con Sebastian nunca podría ser más que un grato recuerdo.

Me sequé una última lágrima de la cara cuando el taxi se detuvo junto a la casa de Sebastian y entré resistiéndome a la necesidad de volver la vista atrás mientras el auto se alejaba para llevarme a casa.

Ya estaba de vuelta en mi apartamento cuando me di cuenta de que solo llevaba uno de mis pendientes en la oreja izquierda.

El otro había desaparecido. Tal vez solo fuera una joya barata, pero era el vínculo más sentimental con mi madre. En realidad, una de las únicas cosas que aún me quedaban de ella.

Dejar a Sebastian había sido una de las cosas más difíciles que había hecho nunca, pero quedarme y hacerle frente por la mañana únicamente lo habría dificultado todo. Pero sentía el mismo vacío que volvía a invadir mi interior en silencio y perder ese vínculo con mi madre fue la gota que colmó el vaso.

Sola en mi apartamento, me quité el otro pendiente con cuidado, me senté en mi sofá y lloré.

CAPÍTULO 15

Sebastian

—Supongo que he recibido mi merecido —le dije a Trace el lunes por la mañana mientras me dejaba caer en la silla frente a su escritorio en la última planta—. Se la han jugado al que jugaba con todas.

Nunca olvidaré cómo me sentí al despertarme solo dos mañanas atrás. Primero entré en pánico porque se había marchado. Después, me preocupé por si estaba a salvo. Finalmente, encontré la nota que había dejado Paige en la encimera de la cocina mientras corría por toda la casa como un lunático gritando su nombre una y otra vez. Después de aquello, entré en un estado entre la rabia y la desesperación. Creo que en algún momento me escurrí más cerca de la rabia porque quería hacer añicos todo lo que caía en mis manos para soltar mi decepción furiosa.

Aquella mañana, con Trace, no me contuve. Se lo había contado todo. Estaba harto de fingir que no estaba obsesionado con Paige Rutledge. Había pasado por alto algunos de los detalles más íntimos, pero se enteró de todo lo básico.

Trace se reclinó en su silla luciendo una expresión pensativa.

—No me puedo creer que ese hijo de la grandísima puta, Talmage, saliera impune de violar a una mujer.

—Yo sí puedo —dije irritado—. ¿Cuántas veces hemos visto que el dinero libraba a alguien de problemas? ¿Con qué frecuencia el poder de ser rico hace que un hombre piense que está por encima de todos los demás?

—Debo reconocer que yo tiré de algunos hilos para Eva, pero nada como esto, y ella era inocente.

Nunca podría comparar a mi hermano mayor con Talmage de ninguna manera.

—Todo el mundo conoce a alguien. Esto fue la arrogancia más absoluta y el hecho de que Talmage creyera que nunca pagaría por lo que hizo porque su papaíto tiene dinero.

Trace asintió.

—Es posible que nosotros seamos ricos, pero podemos darle las gracias a papá por enseñarnos que no somos mejores que nadie y que ser rico viene con la responsabilidad de ayudar a los demás tanto como podamos.

—Nos enseñó con el ejemplo —convine. Mi padre había sido uno de los hombres más generosos y buenos que había conocido. Nunca había usado su poder para intimidar a otras personas. Era un hombre de negocios, pero también era muy humano.

Una de las razones por las que me había enderezado era porque sabía que mi padre se sentiría decepcionado por la forma en que actuaba. Me había convertido en el imbécil malcriado y desagradable que mi padre aborrecía en vida.

—Tenemos que derribar a ese cabrón —dijo Trace enojado—. Es necesario hacerlo por todas las mujeres a las que Talmage ha hecho daño. Y tenemos que hacerlo por Paige.

Observé la expresión furiosa en el rostro de mi hermano; sabía perfectamente que estaba pensando en Eva y en cuán indefensa estuvo su esposa una vez.

—Preferiría limitarme a matar a ese cabrón, pero tendría que encontrarlo primero. Parece que ha salido de Colorado.

Trace alzó una ceja inquisitiva.

—¿Lo buscaste?

Asentí.

—Ayer. Volví allí para ver a su padre. Lo único que me dijo es que su hijo había salido del estado.

—¿Qué hiciste con la propiedad?

—Le dije que se la meta por donde le quepa. No voy a hacer negocios con un tipo que probablemente sepa que su hijo es un perdedor, pero lo defiende de todos modos. —Inspiré con intensidad cuando mi enfado subió a un nivel peligroso—. Buscaré otra ubicación.

Trace se inclinó hacia delante y apoyó los antebrazos sobre la mesa.

—No me importa el terreno, Sebastian. Hay otras parcelas. Estoy preocupado por ti. Sé lo que es lidiar con una mujer a quien trataron como una mierda y que no lo merecía. Casi me consumió.

—¿Qué demonios hiciste? ¿Cómo lidias con algo así?

Trace hizo una mueca.

—Tuve que pensar en Eva y en todo lo que había sufrido. Mi objetivo era y sigue siendo hacerla feliz. Tenía muy poca autoestima, lo cual es comprensible, y a nadie le había importado una mierda que estuviera pagando por algo que no hizo.

Oí la indignación vibrando en el tono de Trace y supe que seguía muy cabreado de que una mujer tan maravillosa como Eva hubiera pasado por tanto sola.

Por desgracia, me sentía totalmente identificado.

—Yo siento lo mismo con Paige. No tuvo a nadie después de la desavenencia con sus padres. ¡Joder! Tenía derecho a llevar a ese cabrón a los tribunales.

—Lo tenía —convino Trace de inmediato—. Pero creo que probablemente ahora se da cuenta de que nunca habría ganado. No es justo, pero básicamente sería su palabra contra la del hijo de un hombre rico. No había pruebas.

Lógicamente, lo sabía. No estaba seguro de si sus padres la creyeron siquiera. Pero aún así me volvía loco.

—Creo que se da cuenta de eso ahora que es abogada. Básicamente dijo que nunca habría ganado el caso.

—Pero todavía estás enfadado —dijo Trace lanzándole a su hermano una mirada astuta.

—Claro que sí. Odio la idea de que nadie toque a Paige, mucho menos de que la violaran —gruñí, intentando no pensar en ningún hombre poniéndole la mano encima.

—Estás jodido —dijo Trace llanamente—. Acabado. Cuando empiezas a sentirte así, se terminó, Sebastian.

Le lancé una mirada fulminante.

—¿Qué ha terminado?

Trace sonrió.

—Tus días de vividor. Tarde o temprano, te obsesionará hasta que no puedas mantener las distancias.

—Ya estoy allí —admití con la mandíbula apretada por el enfado—. Pero dejó esa maldita nota y no voy a seguir persiguiéndola como un loco acosador. Es bastante obvio que no quiere tener nada más que ver conmigo.

—Y una mierda —replicó Trace—. No te ha dado su confianza fácilmente. Ninguna mujer en su situación lo haría. O tiene miedo o cree que no es lo bastante buena para ti. En tu caso, diría que un poco de ambas cosas.

Intenté pensar racionalmente, preguntándome si no había un poco de verdad en lo que decía mi hermano.

—¿Crees que tiene miedo de que le haga daño o de que solo estuviera utilizándola?

Trace se encogió de hombros.

—Los mecanismos de defensa en mujeres que lo han tenido difícil son bastante fuertes. Piénsalo. Ha tenido que luchar por todo en su vida. Se sintió traicionada por sus propios padres y está completamente concentrada en su carrera porque quiere sentirse segura.

—Está escondiéndose —respondí yo, de nuevo con la sensación de que Paige se había condicionado a ser tan condenadamente disciplinada—. Siempre ha estado escondiéndose. Lo presentí incluso la primera vez que nos encontramos.

—Entonces encuéntrala —sugirió Trace con firmeza—. No dejes que se esconda.

—La encontré —admití—. Pero luego volví a perderla.

—Sigue ahí. Solo tiene miedo —respondió Trace lentamente—. Sabes muy bien que quieres buscarla y hacerle comprender que no estás jugando con ella.

—Mis días de juego han terminado —le dije bruscamente—. Desde el día en que la conocí. Incluso antes de eso, en realidad, pero Paige me hizo darme cuenta.

—Entonces ayúdala a sanar. Encárate con ella. Si crees que siente lo mismo que tú, no te rindas.

Me enderecé en la silla.

—¿Cómo diablos sé cómo se siente? Está agradecida. Me dio las gracias. Pero siento que simplemente me rechazó. De hecho, ayer me emborraché por primera vez en más de un año.

Trace frunció el ceño.

—¿Estás bien?

—Estoy bien. Me tomé un día para escapar. No voy a volver a mis viejas costumbres.

—Hermano, no dejes que esto te consuma. ¿No sería mejor saber que lo intentaste en lugar de dejarla marchar sin más? —preguntó Trace con tono solemne—. Sigo diciendo que ninguna mujer confía totalmente en un tipo si él no le importa.

Empezó a pasárseme el enfado al recordar la manera en que Paige había confiado en mí con su cuerpo, aun después de tener motivos para no volver a tener fe en ningún tipo nunca más. Había aceptado la bebida que le serví sin cuestionarlo, incluso después de recordar su trauma.

—Sí, tiene que sentir algo —acepté.

—Puedes ser como un grano en el trasero cuando quieres —dijo Trace arrastrando las palabras; su comentario sonaba como una indirecta.

Lo miré mientras él se recostaba en su silla con un gesto socarrón. Asentí.

—Puedo.

—La persistencia da fruto. Pero eso ya lo sabes. Simplemente tiene que ser por algo o alguien que merezca la batalla.

—Ella merece cualquier batalla que tenga que pelearme —le respondí, con la emoción a flor de piel. Tal vez no me había admitido a mí mismo lo que sentía realmente, pero Trace lo sabía. Si creyera que ella sería feliz si yo me echara atrás, lo haría. Pero sabía que mi hermano tenía razón. Tendría que encararme con ella para ayudarla a sanar realmente. Es mucho más fácil huir a un lugar seguro y familiar sin más que enfrentarse a demonios con los que no quieres luchar.

—Aquí estoy si necesitas ayuda —respondió Trace en tono de apoyo.

—Es obstinada y tiene miedo —pensé en voz alta.

—Eres uno de los hombres más cabezotas que conozco —dijo Trace en tono jocoso.

Le devolví una sonrisa de suficiencia.

—Ahora mismo ese rasgo podría ser muy útil.

—Tú intenta convencerla antes del Día de Acción de Gracias. Eva quiere conocer a la mujer que por fin te tiene pillado por los huevos. Se preocupa por ti y por Dane.

Empecé a pensar en mi plan de ataque, a sabiendas de que Paige no iba a seguir alejándome de ninguna manera a menos que realmente no me quisiera.

—Quizás Eva debería llamar a Paige. ¿Invitarla a la cena de Acción de Gracias? En vista de que está aquí sola sin familia ni amigos...

Trace sonrió.

—Estaría dispuesta a hacerlo. Además de que quiere conocer a la mujer que ha llamado tu atención, es tan condenadamente compasiva que si supiera que Paige está aquí en Denver sin familia ni amigos, la telefonearía en un abrir y cerrar de ojos.

Una vez, Eva había estado tan sola como Paige. Sabía que podía contar con mi cuñada para llamar a Paige e invitarla a cenar.

—Gracias —le musité a mi hermano—. Yo me encargaré del resto.

—Estoy seguro de que lo harás —respondió Trace.

Permanecí callado mientras pensaba en el trabajo que tenía por delante aquel día.

—Siento el revés con el parque solar.

—No es culpa tuya —contestó Trace, con aire confuso—. Yo tampoco haría negocios con ese cabrón.

—Creo que tengo otra posibilidad. Voy a ponerme con ello. —Me levanté de la silla para llevar el trasero a mi despacho.

—¿Sebastian?

Me volví cuando Trace dijo mi nombre.

—¿Sí?

—Hay cosas más importantes que un negocio. Sé cuánto amas este proyecto y tu división, pero ya llegaremos a eso. Ya has progresado muchísimo y no es como si necesitáramos el dinero.

—Lo sé —le respondí mesándome el pelo, frustrado. Sabía que estaba diciendo que estaba bien anteponer mis necesidades por un tiempo—. Pero tengo muchos talentos. Puedo manejar varias cosas a la vez.

—Cabrón arrogante —contestó Trace en tono amistoso—. Entonces, ponte con ello.

Por primera vez en dos días, sentí la misma emoción que siempre había experimentado cada vez que tenía un desafío que abordar.

—Enseguida —respondí con firmeza al salir del despacho de mi hermano.

La víspera me había tomado un día para sentir lástima de mí mismo.

Hoy, iba al ataque.

Mi asistente me había visto entrar y encontré mi café en el escritorio. Tomé un caramelo de mantequilla de mi plato, lo desenvolví y me lo metí en la boca mientras levantaba la taza de café.

Después de tomar un trago de mi taza, la dejé en la mesa y levanté mi ordenador con una sonrisa.

No revisé mi horario ni empecé a hacer llamadas. Por primera vez desde que me convertí en socio de Walker, tenía otra prioridad, una que no podía esperar.

CAPÍTULO 16

Paige

Srta. Rutledge:

*He encontrado un error muy grave en uno de sus contratos.
Necesito que venga a mi despacho lo antes posible para
enmendar el problema.*

Saludos,
Sebastian Walker

*P.D. No consigo olvidar tus gemidos de placer sin aliento
ni la manera en que gritaste mi nombre cuando estabas al
borde de tu primer orgasmo. Se me pone duro cada vez que
pienso en ello.*

Parpadeé ante la pantalla del ordenador, preguntándome
si había bebido suficiente café aquella mañana. Acababa
de organizar mi mesa para ponerme a trabajar y encendí
el ordenador. El mensaje de Sebastian a través del sistema interno
fue lo primero que vi en la pantalla.

Leí el mensaje tres veces, intentando desesperadamente descubrir qué error había cometido y por qué había terminado un mensaje formal con un comentario erótico.

«¿Realmente cometí un error?», me pregunté. ¡De ninguna manera! Era nueva en aquel trabajo y revisaba y comprobaba mi trabajo para asegurarme de que todo fuera perfecto.

Me había tomado el resto del fin de semana aceptar el hecho de que nunca volvería a intimar con Sebastian. Estaba muy irritada de que pareciera tomarse a la ligera una noche que me había cambiado la vida.

Me mordí el labio mientras golpeaba la mesa con el bolígrafo mientras intentaba averiguar qué planeaba. No estaba muy preocupada de que alguien pudiera ver el mensaje. Nadie pirateaba los mensajes privados entrantes o salientes de ninguno de los hermanos Walker. Si lo hicieran, serían despedidos. Casi todo lo demás estaba sujeto a revisión.

Dejé caer el bolígrafo sobre la mesa y respondí:

Sr. Walker:

Yo no cometo errores. Sin duda se ha equivocado de abogada. Mi prioridad siempre son los intereses de su empresa. Por favor, clarifique qué error cree equivocadamente que he cometido.

Cordialmente,
Paige Rutledge

P.D. Yo tampoco olvidaré el sábado noche. Tiene una lengua endiablada, Sr. Walker. Qué lástima que no pueda devolverle el favor. Me habría encantado intentar chupar ese miembro monstruoso suyo. Estoy segura de que sabe... absolutamente delicioso.

—Toma eso —dije maliciosamente mientras presionaba el botón para enviar el mensaje. Si quería jugar, podría ser tan obscena como él.

Estaba casi segura de que no se había cometido ningún error en ningún contrato. Quería jugar conmigo ahora que nos habíamos acostado. Pues eso no iba a ocurrir. Bien podía devolvérselo. No me sorprendió ver otro mensaje parpadeando y presioné el botón para verlo.

Paige,
Cometiste un error y necesito verte aquí arriba ahora.

Miré fijamente el mensaje, preguntándome si lo decía en serio. Respondí.

Sebastian,
Esto no tiene gracia. No fastidies.

La respuesta llegó casi de inmediato.

Trae ese precioso trasero a mi despacho ahora o estás despedida.

Me levanté de la silla furiosa. No había ningún error y no iba a despedirme solo porque se hubiera acostado conmigo y no aceptaba que, donde las dan, las toman.

Salí de mi despacho al ascensor dando pisotones, preguntándome si alguien podía ver el humo que me salía de las orejas. No había estado tan cabreada... bueno... no recordaba desde cuándo. Lo único que sabía era que iba a enfrentarme a Sebastian Walker y a decirle en persona lo que pensaba exactamente de que usara su negocio para burlarse de mí.

No había nadie en el ascensor cuando entré y apreté el botón para ir a los despachos del ático.

Y pensar que, de hecho, me había arrepentido de haberlo dejado después de pensarlo el domingo por la mañana y que desearía haberme quedado. Sin importar cuán doloroso pudiera ser para mí más tarde, Sebastian había sacudido algo en mi interior y deseé haber disfrutado de cada minuto que podría haber tenido con él.

Le debía una por hacerme comprender que no tenía una disfunción. Bueno... tal vez tuviera alguna, pero ahora al menos sabía que no era sexual.

Mis botas nuevas taconearon en el suelo de baldosas cuando salí del ascensor y me gustó el sonido poderoso. Había ido de compras el día anterior para reemplazar las cosas de la tía de Sebastian que había tomado prestadas y decidí cambiar de aspecto espontáneamente. Sin duda, no podía permitirme comprar en la misma tienda en la que Sebastian había comprado mi vestido, pero durante mis años de estudiante era muy buena yendo a la moda con un presupuesto limitado. Podía agradecer a Sebastian mi repentino cambio de actitud, pero no lo haría porque me tenía cabreada. Tenía que reconocer que me sentía más segura de mí misma con el bonito vestido suéter y las botas de tacón. Todavía llevaba el pelo recogido, pero había buscado un estilo más delicado y algunos mechones sueltos me rozaban las mejillas mientras me dirigía a la oficina de Sebastian. Joder, incluso me había tomado el tiempo de ponerme más maquillaje.

—¿Puedo ayudarla? —me preguntó una voz femenina cautelosa cuando pasé frente a su mesa.

—Estoy buscando el despacho del Sr. Walker.

—¿Tiene cita?

Sonreí firmemente a la mujer de mediana edad, intentando ser cortés. No era su culpa trabajar para un imbécil.

—Está esperándome. Soy Paige Rutledge, de Legal.

Ella asintió con la cabeza hacia una pesada puerta de madera.

—Es ahí.

Con determinación, avancé hacia la puerta y giré el picaporte, empujándola con mi peso. Se abrió fácilmente, demasiado fácilmente, y tuve que girar para cerrarla.

Cerré los ojos y me apoyé contra la puerta de madera. En el momento en que lo vi supe que probablemente no podría decir lo que quería. Inspiré profundamente antes de hablar.

—No sé qué crees que estás haciendo, pero es sucio y desagradable. No puedes jugar sin más con el sustento de la gente. Sabes de sobra que no hice nada mal. ¿Se puede saber que problema tienes?

Escuché el silencio durante un momento antes de oír una voz masculina divertida.

—Creo que estoy trabajando y no sabía que tenía un problema.

Abrí los ojos solo para descubrir que el hombre sentado tras el sofisticado escritorio frente a mí no era Sebastian Walker.

—Ay, Dios. Lo siento muchísimo. Pensaba que este era el despacho del Sr. Walker. —Me puse colorada y me sentía tan avergonzada que deseé poder hundirme en el suelo y terminar en mi despacho, no tan espectacular, abajo.

—Yo soy el *Sr.* Walker. Trace Walker. ¿Entiendo que estabas buscando al sucio y desagradable Sebastian?

Me sonrió y me sentí como una idiota aún más grande.

—Sí, señor —respondí, imaginándome a Trace Walker despidiéndome.

—¿Eres Paige?

—Sí, señor —reconocí con un suspiro, dando un paso adelante para afrontar a las consecuencias.

Se levantó de su silla y rodeó la mesa, dejándome atónita cuando extendió la mano.

—Encantado de conocerte, Paige. Espero que estés disfrutando de tu trabajo aquí, en Walker.

—Lo estaba —dije taciturna al extender la mano para estrechársela—. Siento mucho lo que he dicho. Estaba enfadada...

—Sebastian es mi hermano pequeño y estoy seguro de que lo ha provocado. No sientas defenderte.

Alcé la mirada hacia él, parpadeando, sorprendida de que lo dejara pasar.

—Gracias, Sr. Walker. Ahora saldré de su despacho. —Quería salir de aquella sala como si tuviera un petardo en el trasero.

—¿Paige? —me llamó en voz baja.

Me volví para mirarlo de nuevo.

—Sí.

—Sea lo que sea lo que haya hecho, Sebastian es un buen hombre. Siempre fue el más amable de nosotros tres, incluso de niño. Eso no ha cambiado desde que creció.

—Lo sé. Perdió la noción de quién era en realidad —respondí automáticamente; después deseé haberme mordido la lengua.

Trace sonrió, con una verdadera mirada de felicidad en la cara.

—Ahora sí lo sabe. También sabe exactamente lo que quiere.

Me preguntaba dónde iría con la conversación cuando él prosiguió.

—Eres la primera mujer que lo ha desafiado de verdad. No te alejes de él, pero dale un respiro si puedes.

—Es molesto —murmuré—. Amenazó con despedirme si no iba a su despacho de inmediato.

Trace hizo un gesto con la cabeza hacia su izquierda.

—Está justo al lado. Y sí, puede ser muy molesto, pero es una fachada. Creo que ya sabes exactamente quién es.

Asentí, intentando entender qué estaba pasando con el hermano de Sebastian.

—No estoy segura de saberlo. Su mensaje...

—Era, sin duda alguna, un ardid para hacerte subir aquí —terminó Trace—. Está loco por ti.

Abrí la boca y volví a cerrarla.

—Creo que no ha entendido bien nuestra relación.

Trace apoyó una cadera contra su escritorio y se cruzó de brazos.

—Yo creo que no. Pasé por lo mismo hace un año con mi esposa.

—¿Cómo es ella? —dije con curiosidad, preguntándome qué clase de mujer podría domesticar a uno de los hermanos Walker. Él sonrió más ampliamente.

—Fuerte, testaruda, preciosa y una descarada. Pero tiene un corazón enorme, lo bastante grande como para aceptarme con todos mis defectos. Pero su vida no fue fácil. Es una superviviente. ¿Te suena familiar?

—¿Me conoce? No creo que nos hayan presentado.

—Te conozco a través de Sebastian.

—Ah. —No se me ocurría nada más que decir. No podía imaginarme a Sebastian hablándole de mí a su hermano—. Su esposa parece encantadora —respondí educadamente.

—Lo es —reconoció él.

Oí abrirse la puerta a mis espaldas antes de poder responder.

—¿Qué demonios estás haciendo? Dije que en mi despacho —era Sebastian, irritado.

Me volví de frente a él.

—Me he equivocado de Walker. ¿Cómo iba a saber dónde está tu despacho? Nunca había estado en esta planta.

—Pregunta —sugirió.

—Lo hice. Y aún así terminé aquí —le dije pacientemente.

Observé cómo Sebastian fulminaba con la mirada a su hermano mayor, que ahora reía por lo bajo abiertamente.

Sebastian se adelantó y me tomó del brazo.

—Vamos.

—No os matéis —oí que comentaba Trace Walker cuando Sebastian me arrastraba fuera del despacho de su hermano hasta el suyo.

Cuando cerró la puerta, me sacudí su mano del hombro.

—Ahora puedo decírtelo a ti en lugar de a tu hermano: deja de jugar con mi sustento.

Se volvió con una mirada furiosa.

—¿Por qué? De todos modos, no estás haciendo lo que quieres. Dijiste que el derecho corporativo no era tu primera opción. ¿Por qué estás aquí?

Su comentario dio en el blanco, pero intenté no mostrarlo. Ignoré su provocación.

—Solo enséñame el error para poder marcharme.

—Puedo decírtelo. En realidad fue un contrato verbal.

—Bien. Dime.

—Te pedí que te quedaras un mes y tú aceptaste. Entonces, por alguna razón que desconozco, decidiste irte antes de que me despertara por la mañana. Un mes. Entonces nos despediríamos. ¿Por qué demonios te fuiste, Paige?

Estaba enfadado, pero podía escuchar la desesperación en su voz.

—Tenía que hacerlo. Y nunca acepté realmente tu contrato verbal. Simplemente asumiste que lo hice. ¿Por eso que me llamaste aquí? ¿Para sugerir que rompí un contrato sexual?

—Lo hiciste —confirmó, echando humo por la nariz y con la mandíbula tensa—. Maldita sea, Paige. ¿Sabes lo preocupado que estaba cuando desperté y te habías marchado? —Dio un paso adelante y me agarró por los hombros, sacudiéndome ligeramente—. ¿Lo sabes?

Lo miré con una expresión en blanco antes de responder.

—Dejé una nota.

Fui sincera. En realidad no sabía cómo era sentir que alguien se preocupaba por mí. No lo sabía desde que perdí a mis padres. La única que se preocupaba era Kenzie y ya no la tenía cerca.

—Me fui porque tenía miedo —le dije con nerviosismo.

—¿Por qué?

—Porque sabía que no podríamos estar juntos otra vez. Si lo hiciéramos, me destrozaría. —Más valía reconocerlo—. Nunca pretendí que me importaras tanto, nunca pensé que sentiría lo que siento ahora. —Estaba gritando, pero no me importaba—. Estoy enamorándome de ti y no sabía qué más hacer.

Avergonzada de haber dicho esas palabras en voz alta, di media vuelta y huí.

CAPÍTULO 17

Sebastian

Perdí un tiempo muy valioso de pie en mi despacho como un idiota, intentando comprender el hecho de que Paige sentía algo por mí. Por mí, el antiguo vividor. «No se ha pillado por el vividor, joder. Empieza a quererme… a mí».

—¡Joder! —Gruñí en voz alta, luego me giré y la seguí, resuelto a no dejarla escapar.

Sabía lo tentador que podía ser ese instinto. Pero no iba a permitirlo.

Mientras subía las escaleras para ahorrar tiempo, contaba con que era el comienzo de la jornada y con que era imposible que abandonara el edificio. Era demasiado escrupulosa.

Subí las escaleras de dos en dos, poco dispuesto a esperar un ascensor. Cuando llegué a la planta inferior a mi despacho, irrumpí en la zona abierta cerca de los ascensores y corrí al despacho de Paige.

Me detuve en seco al escuchar unos sollozos desgarradores cuando me detuve en la puerta. Me sentí como un idiota, porque escuchar su agitación emocional en forma de angustia en realidad me hizo sentir esperanzado. Pero después de aquella reacción inicial, estaba desesperado por que se detuviera. Sí, estaba feliz de que no me hubiera dejado porque yo no le importara. Me dejó en la cuneta porque estaba absolutamente aterrorizada.

Mi ira se desvaneció tan rápido como había aparecido; giré el picaporte para entrar, pero la puerta estaba cerrada con llave.

—¡Paige! —aullé sin importarme una mierda las otras personas que había en su oficina—. ¡Abre la maldita puerta! —Intenté mirar por las ventanas de cristal, pero las persianas estaban bajadas.

Los ruidos amortiguados desde el interior de su oficina cesaron y se hizo un silencio sepulcral en todo el departamento hasta que escuché su pedido en tono moderado.

—Vete. Estás montando una escena.

Sonreí al saber que se había acercado hacia la puerta para que solo yo pudiera escucharla.

—Abre la puerta o montaré algo más que una escena. Será una superproducción.

Esperé a sabiendas de que, probablemente, ella estaba debatiéndose consigo misma, intentando decidir qué era peor: yo armando un alboroto o enfrentarse a mí.

Cuando escuché el clic de la cerradura, supe que no quería parecer poco profesional y convertirse en objeto de chismes en la oficina.

«Buena elección», pensé.

—Ya he dicho todo lo que tenía que decir —anunció fríamente mientras abría la puerta, bloqueando la entrada con su cuerpo.

Encontrando ligeramente divertido que pensara que pararse frente a la puerta me impediría entrar, le rodeé la cintura con un brazo, cerré la puerta y la aparté del camino al mismo tiempo. Luego eché el pestillo con un clic; no quería que nos molestaran.

Casi gemí cuando su delicioso cuerpo se deslizó lentamente por el mío hasta que sus pies enfundados en unas botas tocaron el suelo.

Ella forcejeó para zafarse de mí y la solté, preguntándome si se sentía como un animal atrapado en su propia guarida. Yo no quería eso, pero joder, iba a hacer que me escuchara.

—Bueno, yo no he dicho todo lo que tenía que decir —respondí, adelantándome para sentarme en el borde de su escritorio—. Quiero saber por qué tienes tanto miedo de que alguien se preocupe por ti. Me asustaste ayer por la mañana.

Ella me dio la espalda.

—Ya te he dicho por qué.

Tuve que cruzarme de brazos para contenerme de intentar alcanzarla.

—Dímelo otra vez. Porque, a mi modo de ver, querer a alguien no es malo.

—Lo es cuando sabes que esos sentimientos nunca serán correspondidos —dijo con voz trémula—. Sebastian, no puedo hacer esto. El trabajo es mi vida.

Me mesé el pelo con frustración.

—También es la mía. Y eso es muy jodido —respondí bruscamente—. Porque yo también estoy enamorándome de ti, Paige. Joder, probablemente ya esté aplastado sobre el cemento a tus pies.

Se volteó para mirarme, la expresión de su rostro sobresaltada.

—N-No puedes. N-No podemos —tartamudeó.

Me puse en pie de nuevo y la agarré por los hombros.

—¿Ves?, eso es lo que pasa... en realidad sí podemos, muy fácilmente. ¿Por qué no podemos simplemente... dejar que ocurra? ¿Por qué tiene que ser tan increíblemente difícil? Tú deja que te muestre cuánto me importas y deja de huir de todo lo que te da miedo.

—No estoy acostumbrada —admitió sin aliento, sus bonitos ojos azules mirándome con aprensión en sus profundidades.

—Entonces, acostúmbrate —insistí. Ahora era imposible que la abandonara.

El lugar de Paige Rutledge estaba conmigo. No me importaba un carajo que trabajara para mi compañía. Lo único que sabía era que trabajado como una burra y había pasado por un infierno. «¡Maldita sea!», pensé. Me jodía que no tuviera a alguien a quien le importara una mierda lo que le ocurriera.

—No es buena idea —respondió con voz temblorosa.

—¿Qué?

—Tú y yo. Tenemos que detener esto ahora.

—¿Se puede saber por qué huyes? —inquirí enfadado—. No es como si no te hubiera dicho que siento lo mismo que tú. Y no voy a rendirme.

—Tú no estás en mi situación —explicó, irritada—. Tú eres el director de la empresa. Yo trabajo para esta empresa y apenas estoy estableciéndome aquí. Un movimiento en falso y estoy jodida. No puedo permitirme el lujo de arriesgarme.

Paige tenía razón y yo no estaba seguro de cómo convencerla de que, pasara lo que pasara, nunca haría nada para hacerle daño.

—Prepara un contrato. Si dejas Walker por cualquier motivo durante el próximo año, recibirás dos millones de dólares de indemnización y buenas referencias. Lo firmaré. Sé que sabes cómo blindar el contrato para que nunca pueda librarme de él.

Vi como ella abría y cerraba la boca varias veces, pero no dijo ni una palabra. Finalmente, respondió:

—No. Sería una locura.

Me encogí de hombros. Para ser sincero, no me importaba que fuera una locura.

—Quiero que puedas confiar en que no voy a arruinar tu carrera profesional ni a dejarte en una mala situación, pase lo que pase. Sal conmigo. Pasa tiempo conmigo. Reconozcámoslo, ninguno de nosotros es normal precisamente. Pasamos casi todas las horas del día trabajando. No hay equilibrio en nuestras vidas.

—Pero yo quiero avanzar...

—Y yo quiero iluminar el mundo con energía renovable —interrumpí—. Pero ya llegaré y tú avanzarás en tu carrera; podemos hacerlo sin volvernos locos. Arriésgate, Paige. Tendrás un contrato que te cubrirá de todas las maneras posibles. Ya no hay motivo para no intentarlo.

Observé a medida que la confusión inundaba su cara bonita antes de decir:

—Sebastian, preparar un contrato así es de locos. No tendrías salida si renuncio mañana.

—¿Estás planeando marcharte?

—No.

—Entonces no hay ningún problema.

—La mayoría de la gente renunciaría sin más —observe—. Dos millones son un gran incentivo. Una abogada novel no gana tanto en diez años.

—Entonces puedes renunciar y tomar el dinero.

—¿Por qué haces esto? —preguntó con voz ronca y temblorosa de vulnerabilidad.

—Porque aunque no confíes en mí, yo confío en ti —respondí con absoluta franqueza—. No creo que te fueras en ese año a menos que realmente tuvieras que hacerlo. Eres demasiado honorable.

—Eso no puedes saberlo.

—Me gustan las apuestas. Estoy dispuesto a correr el riesgo contigo.

Ella se limitó a seguir mirándome fijamente y yo empezaba a sudar. Necesitaba que dijera *sí* y lo necesitaba ya. Pero esperé. Paige había lidiado con cosas con las que una mujer nunca debería lidiar en la vida. Acceder a darnos una oportunidad seguiría siendo un salto de fe por su parte. Un tipo con mi historial era un riesgo y la última apuesta emocional a la que una mujer como ella querría enfrentarse.

—Necesitamos establecer unas reglas básicas —instruyó—. Estamos saliendo, probándonos mutuamente. No puede afectar a mi trabajo.

—De acuerdo. Pero salimos del trabajo a las cinco, a menos que existan circunstancias atenuantes.

Ella asintió lentamente.

—¿Vamos a seguir teniendo sexo?

—Eh, claro que sí —respondí con voz ronca—. Mucho.

Ella fingió sopesar mi respuesta antes de decir:

—Creo que puedo vivir con eso.

Le rodeé la cintura con los brazos.

—Bien. Porque no puedo vivir sin ello —gruñí antes de no poder contenerme de cerrar el trato con el beso que llevaba esperando plantarle desde que me desperté y descubrí que se había ido.

Sabía que el beso era brusco y carnal, pero el alivio al saber que no iba a escabullirse recorrió mi cuerpo y los instintos territoriales me consumieron.

La necesitaba. Y sabía que ella me necesitaba a mí. Joder, aunque no me necesitara, iba a tenerme de todos modos. Paige me tenía hechizado prácticamente desde el momento en que la conocí.

Al final conseguí apartar la boca de la suya para que ambos pudiéramos respirar, pero no era suficiente. Levantándola por el trasero, me giré y la planté sobre la mesa.

—Sebastian...

La besé de nuevo, interrumpiendo sus palabras. No quería oír ni una palabra acerca de que no podíamos tener sexo en el trabajo, y sabía que eso era lo que iba a decir. Pero ella estaba respirando tan fuerte como yo y, al tirar hacia arriba de su vestido y descubrir que lo único que llevaba era ropa interior delicada y medias hasta el muslo, casi perdí la cabeza.

Pasé los dedos ligeramente sobre la tira sedosa de tela entre sus muslos; mi corazón latió con fuerza al sentir lo húmeda que estaba la prenda.

Apartando los labios de ella de un tirón, gemí.

—Dios, estás empapada, nena.

Ahondé bajo el elástico y le acaricié el clítoris.

—Ay, Dios —dijo con una voz entrecortada que me volvió loco.

Me deleité con el hecho de poder hacerla sentir bien.

—Déjame, Paige —exigí.

—Estamos trabajando —protestó débilmente mientras enredaba las manos en mi pelo.

Yo mordisqueaba la piel sensible de su cuello y mi respuesta sonó amortiguada.

—Trabajamos muchas horas extra y soy el propietario de la mesa en la que voy a hacértelo ahora mismo.

—El Sr. Hurst...

—Está oportunamente en una reunión con Trace ahora mismo —gruñí al extender el brazo para quitarle el vestido por encima de la cabeza; después la recosté sobre la mesa.

—Esto es peligroso —jadeó, las mejillas sonrojadas de pasión.

¡Dios! Se veía tan condenadamente preciosa que me sentí como si hubiera recibido un puñetazo en el estómago. No era solo la hermosa imagen de ella desparramada y excitadísima en su mesa, sino el hecho de que estaba arriesgándose. A lo grande. Por mí.

Estaba tan preparado para meterme dentro de ella que le arranqué las frágiles bragas del cuerpo y me las guardé en el bolsillo.

Giré el cierre frontal de su sujetador con dedos torpes; luego ahuequé sus hermosos pechos, acariciando los pezones duros con los pulgares.

«¡Mía!», pensé. Acaricié su piel sedosa con las palmas, los ojos enfocados en una imagen que sabía quedaría grabada en mi memoria para toda la vida: el bonito cuerpo de Paige tendido sobre su mesa, esperando a que la tomara.

—Sebastian —gimió con tono necesitado.

Su fuego me pertenecía a mí y era en mí en quien ella contaba para saciarla.

Agarré sus manos y las coloqué sobre sus pechos.

—Haz lo que te haga sentir bien.

Al ascender con los dedos por sus muslos para luego dejarlos sumergirse en su sexo húmedo, observé sus ojos cerrarse mientras ella se daba placer en los pechos; después deseé no haberle pedido que lo hiciera.

La vista era demasiado erótica.

—Eres preciosa, Paige —dije con voz ronca mientras le acariciaba el clítoris con una mano y manoseaba torpemente los pantalones y la bragueta con la otra.

—Ay, Dios. Qué rico —susurró, su cabeza moviéndose adelante y atrás sobre el escritorio mientras ella se pellizcaba y se acariciaba los pezones.

Estaba a punto de mejorar mucho para los dos. Liberé mi miembro, resistiendo el impulso de chuparla para exprimirle todos los orgasmos que pudiera. Era el lugar equivocado y el momento equivocado. Había gente trabajando en despachos y cubículos cercanos. Lo último que quería hacer era avergonzarla. Ya tendríamos tiempo para todo lo demás.

En ese preciso instante, solo necesitaba reivindicarla.

—Jódeme, Sebastian —suplicó en voz baja.

—Hecho —gruñí, sacando los dedos de su vagina y sustituyéndolos con mi erección dura como una roca.

Ella jadeó cuando me enterré hasta las pelotas en su vaina ardiente y húmeda.

Apretando los dientes para mantenerme inmóvil, le pregunté:

—¿Te he hecho daño?

—No. No. Por favor. Más.

Agarré sus caderas aliviado y emprendí un ritmo castigador que sabía que iba a satisfacernos a ambos.

Hubo muy poco ruido, excepto nuestra respiración fuerte y el golpeteo de la carne mientras la jodía tan apasionadamente como necesitaba... como ambos deseábamos desesperadamente.

Ver su cara excitada y cómo se estimulaba los pechos bruscamente estuvo a punto de volverme loco. Sus piernas enfundadas en una botas se enroscaron alrededor de mi cintura, instándome a ir cada vez más rápido.

—¡Joder! —maldije al sentir que mi orgasmo se aproximaba en un tiempo récord.

Paige estaba jadeando y se mordía el labio para contenerse de hacerlo en alto, una vista que hacía que resultara casi tan *sexy* como cuando gritó mi nombre.

Desesperado, pasé una mano de su trasero para darle las fuertes caricias y la presión que necesitaba en el diminuto manojo de nervios, justo encima del lugar donde se unían nuestros cuerpos. Se contuvo aún más para no gritar, pero un suave gemido escapó de sus labios.

—Vente para mí, Paige. No puedo contenerme mucho más tiempo. —Aumenté el ritmo sobre su clítoris.

Me inundó una ola de alivio cuando sentí que le temblaban los muslos y que su vagina empezaba a apretarme el miembro.

—Qué rico. Te siento tan bien —dijo casi incoherente.

Disparé al masajear ella mi pene con sus espasmos y gemí al desahogarme dentro de ella mientras ella se esforzaba por contener un grito.

Me sumergí en su interior con una última embestida, puse una mano bajo su espalda y la incorporé, cubriendo rápidamente su boca con la mía mientras absorbía los sonidos de su orgasmo y me deleitaba con el mío.

Mantuve su cuerpo tembloroso contra el mío mucho después de que los dos estuviéramos satisfechos, incapaz de dejarla ir.

«¡Joder, gracias, es mía!». Un escalofrío de satisfacción recorrió mi cuerpo, una reacción primitiva que no comprendía porque nunca antes la había experimentado. Pero no cuestioné mis instintos posesivos. Por lo que respectaba a Paige, simplemente, existían.

Al final, nos separamos y nos vestimos en silencio en el pequeño baño privado que tenía en su despacho.

Yo estaba en pie detrás de ella, enderezándome la corbata en el espejo mientras ella se arreglaba el pelo.

—No puede creer que acabe joder con un hombre en la mesa de mi despacho—dijo débilmente.

—No con cualquier hombre, nena. Has jodido conmigo —dije en tono arrogante, satisfecho de que mi corbata estuviera bien.

—El jefe —gimió—. El maldito dueño de Walker.

—Él, no —le dije mientras la giraba hacia mí—. Yo. Sebastian.

Había una a clara diferencia entre joder con el jefe y joder con un tío que te importaba.

Paige me rodeó el cuello con las manos.

—No lo habría hecho de no haber sido contigo —dijo en voz baja, sus ojos azul mar mirándome abiertamente—. Por alguna razón, Sebastian me parece irresistible.

Se me aceleró el corazón cuando bajé la mirada hacia ella; me daba exactamente igual por qué le importaba. Estaba muy agradecido de importarle.

La besé en la frente para no estropear la ligera capa de labial que acababa de aplicarse y luego apoyé mi frente contra la suya.

—Lo cual es tremendo, porque tú me llevas al borde de la locura, cariño. —Vacilé antes de preguntar—: ¿Cenamos esta noche?

Eché la cabeza hacia atrás para mirarla. Había una mirada notablemente traviesa en sus ojos cuando respondió.

—Bueno, sí. Creo que me encantaría acompañarte a cenar. Pero tengo un problema.

Yo fruncí el ceño.

—¿Qué?

—Parece que he perdido la ropa interior y este vestido se pega. Si me giro hacia el lado equivocado, cualquiera que me tenga a la vista me estará mirando la hucha.

No me gustaba la idea de que nadie mirara el trasero de mi chica.

—Lo arreglaré.

—¿Tienes a mano un gran suministro de ropa interior femenina? preguntó ella en tono burlón.

—Confía en mí —le pedí en una voz igualmente bromista.

—Está bien —dijo simplemente—. Ahora tengo que volver al trabajo.

Salimos del baño diminuto y anduve hacia la puerta.

—Tienes un contrato que escribir. Una orden que viene directamente de arriba —le recordé.

—Lo pondré en mi lista —respondió jovialmente.

—Haz que sea una prioridad —insistí al abrir la puerta y volverme para mirarla.

—Nos vemos a las cinco —dijo ella con voz ronca.

—Aquí estaré —prometí.

Llegaría a tiempo a su despacho para recogerla. Si no llegara, es porque estaría muerto.

Aquello era un nuevo comienzo para ambos y mi instinto me decía que iba a ser bueno.

Rompí el contacto visual con ella, con la certeza de que si no lo hacía, no iba a salir de su despacho sin joder otra vez con ella.

Cerré la puerta detrás de mí sin hacer ruido, intentando no llamar la atención. Luego me dirigí al ascensor con una sonrisa en la cara.

CAPÍTULO 18

Paige

Más tarde aquel día, seguía sonriendo cuando terminé el ultimo contrato.

Había pensado mucho durante toda la tarde y sabía que Sebastian tenía razón. Estaba huyendo, alejándome de todo lo que fuera peligroso emocionalmente para protegerme de que me hicieran daño.

Si algún día pensaba salir del caparazón de protección en el que me había envuelto, el hombre indicado para hacerlo añicos sería Sebastian.

Desearía poder decir que no había sido una cobarde durante tantos años, utilizando mis ambiciones para distanciarme de tener toda clase de vida personal. Tal vez antes de Sebastian, no habría importado. Nunca había habido nadie con quien quisiera estar, pero mi vida estaba cambiando. Y yo, también.

Un golpe seco en la puerta de mi despacho me sobresaltó y alcé la mirada instintivamente hacia el reloj. Solo eran las cuatro.

—Adelante —dije en alto, suponiendo que era un compañero o mi jefe.

—Entrega para la Sra. Paige Rutledge.

El visitante entró en el despacho y dejó una caja envuelta en la mesa frente a mí. Yo rebusqué en el cajón del escritorio, buscando desesperadamente una propina por el reparto. Cuando la encontré, intenté entregarle los billetes al joven que me había traído el paquete.

Él la rechazó con un aspaviento.

—Trabajo para los Walker, señora —dijo educadamente—. No acepto propinas.

Dio media vuelta, salió del despacho y yo volví a meter el dinero en mi cartera.

Sabía sin dudas que el paquete era de Sebastian, especialmente si el mensajero estaba en la nómina de Walker.

Levantando la caja liviana, la abrí con cuidado, eché hacia atrás la generosa cantidad de papel de seda en la parte superior y luego miré boquiabierta lo que había dentro.

Extendí un dedo tentativo para tocar la delicada seda y el encaje, deslumbrada por la lencería, pero un poco conmocionada. La ropa interior era de los diseñadores más caros del país y era un poco aterrador ponerme un conjunto de ropa interior que probablemente costaba más que la letra de mi coche.

Rebuscando en el papel de seda, finalmente encontré una nota:

Paige,
No quería que fueras por la ciudad sin ropa interior. Nadie te ve el trasero más que yo. El otro artículo es algo que me he percatado de que te falta.
S.

Me reí porque era un regalo muy considerado, pero no carente de interés propio exactamente. ¿Pensaba que mi trasero redondo recibiría mucha atención? Obviamente creía que sí y no pude evitar sonreír.

Vi una pequeña caja junto a la ropa interior y la abrí con curiosidad. Lo que contenía me sorprendió tanto que me quedé inmóvil y muda.

Me quedé boquiabierta durante un tiempo indefinido mientras miraba fijamente el magnífico reloj de oro rosa, la corona incrustada de diamantes. Lo adoré de inmediato y finalmente levanté suavemente la caja y saqué el reloj delicado, encogiéndome al percatarme de que era de una marca de joyería muy exclusiva. Me quedaba perfectamente y sentaba fenomenal volver a tener un reloj en mi muñeca. Era absolutamente deslumbrante, pero sabía que no podía aceptar un regalo tan caro.

Finalmente elegí un bonito conjunto, dudando incluso de ponérmelo. El encaje y los lazos eran exquisitos, pero no podía imaginar mi trasero en la seductora ropa interior.

—Podría haber ido a Wal-Mart sin más —refunfuñé para mí misma. Pero sabía que Sebastian estaba intentando complacerme y no había recibido esa clase de atención desde hacía mucho tiempo. Lo que había comprado probablemente era normal para su estatus, pero distaba de ser corriente para mí.

Antes de que pudiera cambiar de opinión, me puse el conjunto, con cuidado de no engancharlo en los tacones de mis botas. Cuando me subí la ropa interior, suspiré. Tal vez no podía entender pagar una fortuna por ropa interior, pero era divina.

De hecho, me sentía… *sexy.*

Envolví de nuevo el resto de la colección en el papel de seda, la coloqué cuidadosamente en la caja, junto con la caja del reloj, y cerré la tapa. Estaba casi segura de que la tienda no haría devoluciones por la ropa interior, aunque no me había probado toda. Pero tenía que devolver el reloj.

Estaba sopesando qué hacer cuando sonó mi teléfono.

—Paige Rutledge —musité en tono profesional al auricular del teléfono.

—Hola, Paige. Siento molestarte en el trabajo. Soy Eva Walker.

«¿La esposa de Trace? ¿Por qué me llama?», pensé. Suponiendo que llamaba por motivos de trabajo, respondí:

—¿Qué puedo hacer por ti?

—Podrías venir a una cena que doy en nuestra casa el jueves por la noche. He oído que eres amiga de Sebastian y no tiene cita. Necesito una aliada si quiero sobrevivir al Día de Acción de Gracias con los hermanos Walker. Me siento en minoría, así que Trace me dijo que te lo preguntara.

La invitación me pilló desprevenida. De hecho, había olvidado que llegaba Acción de Gracias.

—Eh... gracias... —«¡Mierda! ¿Qué le digo?», pensé.

—Me encantaría conocerte en persona. Quiero ver a la mujer que tiene rendido a Sebastian —dijo Eva con una risa encantada.

—Yo no... No... Ay, caray, solo hemos decidido darnos un periodo de prueba. En realidad no estamos juntos.

Eva permaneció en silencio durante un minuto antes de responder:

—¿Sebastian dijo eso?

—Sí.

—Está mintiendo claramente. Está loco por ti.

—Es lo que ha pedido él —repliqué.

—Qué bobo —contestó ella con cariño en la voz, aunque estaba insultando a su cuñado—. Trace dijo que Sebastian está frito desde que te conoció.

—Yo también estoy frita —confesé, renunciando por completo a negar la verdad. Eva sonaba tan simpática que quise ser sincera con ella.

—Bien. Entonces no te importará venir a cenar con tu futuro esposo.

—Él no es... No va a... —«¡Mierda!», me dije. Estaba empezando a sonar como una imbécil.

—Lo hará —dijo Eva con confianza—. Mientras tanto, únete a nosotros. Trace me contó que eres nueva y te has mudado desde la costa este. Nadie debería estar solo en Acción de Gracias.

Podría decirle que había pasado sola muchas fiestas durante años, pero no quería parecer una perdedora.

—Es muy amable de tu parte —le dije francamente. A nadie le había importado nunca si pasaba las fiestas sola, excepto a Kenzie.

—Entonces, ¿vendrás?

En serio, cuando la esposa del jefazo te invita a cenar, tú vas.

—Por supuesto. ¿Qué puedo llevar?

Charlamos durante un rato y Eva se negó a dejar que llevara nada excepto a mí misma. Tendría que encontrar un vino y llevarlo de todas maneras. De ninguna manera iba a ir a su casa con las manos vacías.

Nos decidimos por la hora, una hora antes de que la cena estuviera lista porque no quería a nadie en su cocina y colgó.

Suspiré mientras devolvía el auricular al cargador. Eva parecía muy agradable, pero la cena estaba destinada a ser incómoda. Nunca la había conocido a ella ni a nadie más que fuera a invitar, excepto a Sebastian. Y sí, estaba ese breve encuentro embarazoso que había tenido con Trace Walker.

—¡Paige! —La voz resonante me trajo de vuelta a la realidad.

Giré la cabeza y vi a Sebastian apoyado contra el marco de la puerta abierta.

—Lo siento. Estaba en mi mundo —expliqué.

—¿En qué pensabas? Te he llamado tres veces y no contestabas. —Entró y cerró la puerta—. ¿Todo bien?

—Sí. Bien. Excepto que su cuñada acaba de llamar para invitarme a cenar el jueves.

—¿Qué le has dicho?

—Dije que iría, por supuesto. Estaba en una posición un poco difícil.

Él asintió mientras se sentaba en el borde de mi mesa.

—Iba a pedirte yo mismo que vinieras, pero esta mañana estaba un poco... distraído.

—No conoceré a nadie allí excepto a ti.

—Ya has conocido a Trace.

Le sonreí avergonzada.

—Sí, bueno, fue bastante humillante. Le regañé porque creía que era tu despacho.

Los labios de Sebastian se curvaron en esa sonrisa de pillo que me gustaba tanto y después confirmó:

—Lo sé. Me lo contó. Le gustas. Dice que tienes agallas. —Hizo una pausa antes de añadir—: Dane también estará allí.

No lo has conocido, pero es muy callado y dudo que te parezca intimidante.

—¿Va a venir aquí? Sé que a Kenzie le encantaría conocerlo. Es una gran admiradora de su obra.

—Estará allí. No sale mucho en público, pero vendrá para las fiestas familiares.

—¿Nadie más? —pregunté con curiosidad.

—No. La tía Aileen nos ha invitado a su resort para las vacaciones, pero temíamos que Dane nos dejara tirados si no era una fiesta pequeña, así que este año hemos pasado.

Empezaba a apagar el ordenador cuando dije:

—Bien. Puede que sea capaz de lidiar con eso.

Sebastian se sentó en la silla frente a mi mesa.

—No vas a cancelarlo en el último minuto, ¿verdad?

Levanté la vista un momento y cruzamos una mirada cómplice.

—Me gustaría ponerme enferma oportunamente, pero no. Voy a ir. Invitarme ha sido muy amable de parte de Eva y dejado de huir de situaciones que puedan resultar incómodas al principio.

Sebastian alzó una ceja.

—¿De verdad?

Me encogí de hombros.

—Voy a intentarlo. Ya soy adulta y no necesito esas defensas tanto como hace varios años. Tal vez me ayudaran entonces, pero quiero volver a ser yo, Sebastian. Antes sabía vivir el momento, divertirme y disfrutar de la buena compañía. No estaba tensa a cada minuto del día, preocupada por atenerme a un plan de vida.

Examinó mi cara antes de responder:

—Hacer planes y tener metas no siempre es malo. Solo apestan cuando tienen prioridad por encima de todo y de todos los demás.

—Exactamente —le dije, apartando los ojos de su rostro mientras recogía mi bolso y me levantaba—. ¿La ropa interior y el reloj eran tu acción espontánea del día? —Obviamente había dejado de pensar en el trabajo el tiempo suficiente para encargarlos.

Él se levantó de la silla.

—Una de varias, en realidad. ¿Estaba bien?

—La ropa interior era cara —lo regañé—. Puede que no tenga ninguna, pero reconozco las marcas. Y es muy bonita. Gracias.

—No me lo agradezcas. Fui yo el que te causó el dilema de la ropa interior para empezar —bromeó con un barítono grave y burlón.

—No voy a discutir por eso. —Mi cuerpo se estremeció involuntariamente al recordar aquel momento de abandono en que había arrancado la lencería barata antes de añadir—: Sebastian, no puedo aceptar el reloj —dije sosteniendo la muñeca en alto—. Es precioso y perdí el mío durante la mudanza, pero es demasiado caro. Mi viejo reloj no era caro.

Él se encogió de hombros.

—Solo es un regalito. Vas a quedártelo. Te queda bien.

Suspiré.

—Un regalito para ti. Un gran regalo para mí.

—Lo siento. Estaba rebajado. No puedo devolverlo.

—¿Desde cuándo compras tú artículos rebajados? —inquirí con escepticismo. Sabía perfectamente que podía devolverlo si así lo decidía.

—Desde hoy —respondió con una sonrisa juguetona.

—Eso no te lo crees ni tú.

—¿No puedes dar las gracias sin discutir? Quería que lo tuvieras. Llámalo «regalo de graduación».

Me eché a reír porque no pude evitarlo.

—Ni siquiera me conocías cuando me gradué.

—¿Ves cuánto me perdí y necesito compensarte? —respondió con malicia.

«Dios, este hombre me vuelve loca», pensé.

—Solo por esta vez —accedí—. Siempre y cuando me dejes hacer algo por ti.

—Puedes darme el contrato —sugirió él.

—Lo siento —respondí, mostrándome deliberadamente contraria—. He estado demasiado ocupada hoy. Tendrás que pensar en otra cosa.

En realidad no iba a redactar ese contrato de ningún modo. Él me importaba demasiado como para arriesgar su trasero para poder confiar en él. O cambiaba yo... o no cambiaba. Mi elección era volver a ser yo de nuevo, confiar en el chico que me importaba.

—Mis opciones serían completamente porno —advirtió.

Nunca había inspirado ningún tipo de pasión desenfrenada en ningún hombre, y la manera en que Sebastian me miraba y me tocaba seguía siendo increíble para mí.

—¿Qué estás pensando? —preguntó.

—En esta mañana, cuando me rompiste la ropa interior — respondí sin rodeos.

Gruñó mientras me rodeaba con los brazos.

—Joder. No me lo recuerdes o te tumbaré en el escritorio y volveré a hacerlo.

—No, con este conjunto no lo harás —le dije con firmeza, pero sonreía al apoyar las manos sobre sus hombros anchos y musculosos.

—No cuentes con ello —me advirtió en tono ominoso justo antes de besarme.

Comenzó como un beso pausado, un abrazo de exploración que rápidamente se volvió carnal y necesitado. Gemí contra sus labios y él apartó su boca de la mía.

—¡Dios! No puedo tocarte sin querer metértelo hasta el fondo —gruñó, besándome la frente antes de dar un paso atrás.

Sabía a qué se refería. Sebastian y yo éramos como la yesca y el pedernal. Si nos juntábamos, lo único que queríamos era arder.

—¿Puedes darme de comer primero? —pregunté titubeante.

—¿No has almorzado? —respondió él en tono reprobador.

Yo me encogí de hombros.

—Estaba intentando asegurarme de sacar mucho trabajo. Tengo una cita para cenar con el hombre más *sexy*, inteligente y dulce del mundo. No quería perderme ni un momento.

Sebastian tomó mi abrigo del perchero junto a la puerta y lo sostuvo en alto para mí mientras decía con tono hambriento y ronco:

—Él te habría esperado sin importar cuánto tiempo. Podrías haber almorzado.

El corazón me daba saltitos de alegría por el deseo y la sinceridad en su voz.

—Hace mucho tiempo que no tengo una cita.

—Yo tampoco. Pero vamos a compensarlo. —Me acarició el pelo recogido con la boca—. Solo desearía que no olieras tan condenadamente bien.

—Voy a cambiar de champú —le dije, con la certeza de que me brillaban los ojos de alegría cuando me volteé para mirarlo.

—No —dijo él apresuradamente—. No lo hagas. Soy un puñetero masoquista, pero me encanta la forma en que tu olor me tortura. Además, no importaría. Siempre olerás igual para mí.

—¿A flores de cerezo? —pregunté con curiosidad.

—No. Como si fueras mía —respondió con voz ronca antes de tenderme la mano.

La idea de que no debía ser obvio que éramos más que amigos cuando aún estaba en Walker con él se me pasó por la cabeza, pero la descarté igual de rápido.

Era mi tiempo. Había terminado el trabajo. Y adoraba la manera en que Sebastian me trataba con cariño.

Verdaderamente, había dejado de huir de mis emociones y yo también quería sentir una conexión con él.

Sonreí y tomé su mano, ignorando las miradas especulativas que recibimos porque la mayoría de la gente estaba yéndose al final del día.

En el breve periodo de tiempo que tardamos en salir del edificio, me di cuenta de que yo tenía instintos posesivos propios.

Me concentré en la inmensa satisfacción de dejar que todos supieran que Sebastian estaba pillado... al menos por ahora.

CAPÍTULO 19

Paige

—Creo que debería ponerme otra cosa —le dije a Sebastian con nerviosismo mientras jugueteaba con el suéter azul con el que iba ataviada—. No parece correcto llevar *jeans* a casa del jefe.

Había intentado arreglar un poco el conjunto con un cinturón de plata, mis botas y más maquillaje, pero seguía sintiéndome mal vestida para la ocasión.

—Estás preciosa —dijo Sebastian arrastrando las palabras desde su lugar en su cama enorme, la espalda apoyada contra el cabecero—. Ya te lo he dicho, no nos vestimos de gala para las fiestas. Pasamos todo el día en traje y atuendo de oficina. Cuando no estamos trabajando y estamos en familia, queremos estar cómodos.

Lo miré a través del espejo, pensando que Sebastian estaría guapísimo con cualquier cosa… o sin nada. Iba ataviado con un suéter de lana y unos *jeans* oscuros, un conjunto informal que lo hacía parecer tan atractivo como cualquiera de sus trajes a medida, de hombre importante. Quizás más, porque parecía muy despreocupado y feliz.

Sebastian y yo habíamos pasado casi cada minuto de nuestro tiempo libre de los últimos días en mutua compañía y yo atesoraba cada momento. No se trataba de que lo que estuviéramos haciendo fuera muy emocionante, pero había descubierto que el tiempo que pasé con él eran algunos de los días más felices que podía recordar. Todos los días esperaba con ansias a estar con él y cada noche era una aventura. «Bueno. Sí», pensé. Aquellas experiencias normalmente requerían que los dos estuviéramos desnudos. Pero incluso cenar juntos o hablar de nuestro día era divertido cuando estaba con él. Compartíamos prácticamente los mismos intereses en cuanto a televisión y películas y a ambos nos encantaba la misma comida.

Había descubierto por qué el aroma delicioso de Sebastian siempre parecía incluir un toque a mantequilla. Como había dejado de fumar hierba y tabaco, tenía un cuenco de caramelos en el escritorio en todo momento, caramelo duro de mantequilla *gourmet* al que prácticamente me había vuelto adicta.

Giré y miré hacia atrás para revisarme el pompis.

—Tengo que dejar de comer esos caramelos. Me los veo en el trasero —refunfuñé.

—Estaré encantado de quitártelos a lametones —respondió Sebastian con una sonrisa malvada.

Le lancé una mirada asesina, intentando mantenerme seria cuando quería sonreír.

—Los *jeans* me quedan demasiado ajustados.

—No —contradijo—. Y tu trasero es perfecto. Tengo fantasías con él.

—¿Fantasías perversas? —le pregunté esperanzada.

Él frunció el ceño.

—Mucho. ¿Quieres que te las cuente?

—¡No! —exclamé—. Acabaremos llegando tarde a la cena.

Ya estaba lo suficientemente nerviosa por cenar con su familia. No quería ser irrespetuosa llegando tarde.

Sebastian se levantó de la cama como un depredador al acecho.

—Trace lo entendería —dijo en tono persuasivo mientras me abrazaba la cintura con sus brazos musculosos.

Era insaciable y eso me encantaba, pero no iba a ceder.

—Acabamos de levantarnos.

Habíamos pasado toda la mañana holgazaneando desnudos, una sesión apasionada detrás de la inmediatamente anterior.

—Sí. Y me molesta —respondió Sebastian, con voz divertida.

—No te molesta —dije empujándolo firmemente—. Hace mucho tiempo que no ves a Dane y ya me has dicho que Eva es una cocinera increíble.

—Echo en falta a Dane —respondió pensativo.

—Estoy segura de que sí —dije, lanzándole una mirada comprensiva.

Sebastian me había explicado que Dane quedó gravemente marcado en el accidente aéreo que se había llevado a su padre y su madrastra. Así que sabía por qué se sentía cohibido en público.

—¿Lista? —preguntó, metiéndose las llaves y la cartera en el teléfono.

—Todo lo que puedo estarlo —respondí. No iba a volverme guapa y delgada antes de llegar a casa de Trace, así que tendría que aceptar mi aspecto.

—No te pongas nerviosa. Trace y Eva te gustarán, y Dane es un chico simpático.

Le lancé una sonrisa que no sentía en realidad. No se trataba de que no quisiera estar con su familia. Quería gustarles.

—Solo estoy un poco nerviosa. Es un poco intimidante cenar en Acción de Gracias con un montón de gente influyente.

—Somos humanos —dijo Sebastian mientras tomaba mi mano para guiarme a la planta baja—. Celebramos Acción de Gracias igual que todo el mundo.

Yo lo dudaba. Sebastian no era como ningún chico que hubiera conocido, en el buen sentido. Como no habíamos podido tener sexo cada minuto que estábamos juntos, habíamos llegado a conocernos muy bien durante los últimos días. Había vuelto a casa con él cada noche y había empezado a dejar ropa y objetos personales en su casa. No podía decir que no me hubiera perdido una o dos veces en la enorme casa, pero de forma gradual empezaba a sentirme cómoda con su riqueza y su hogar.

—Lo sé —accedí mientras me acompañaba escaleras abajo.

Entendía que Sebastian no había vuelto a Walker por el dinero que pudiera ganar. Su amor por las energías alternativas estaba claro en todo lo que hacía. Disfrutaba su trabajo y le apasionaba la tecnología solar. Cada vez estaba enseñándome más sobre esa ciencia y yo era una escuchante entusiasta.

También era consciente de que Trace seguía con la compañía de su padre para mantener el legado de su padre.

Dane se dedicaba a su arte.

Ninguno de los Walker era como ninguno de los chicos ricos que yo había conocido y sabía que no podía meterlos a todos en el mismo saco.

Pensé durante un momento cuando Sebastian se detuvo cerca de la cocina para tomar la ensalada de fruta y el vino que había comprado para Eva. Finalmente, confesé:

—Aunque no fueras rico, seguiría nerviosa.

Tomó la bolsa del frigorífico y la dejó sobre la encimera mientras los dos nos poníamos los abrigos.

—¿Por qué? —preguntó con curiosidad.

—Porque es tu familia —respondí simplemente—. Quiero gustarles.

—Cariño, vas a encantarles.

Me encogí de hombros.

—Eso espero.

—Confía en mí —dijo solemnemente.

—Lo hago.

Me sacó a rastras por la puerta del garaje y me instaló en el auto antes de subir al asiento del conductor.

Después de abrocharse el cinturón, metió la mano en la guantera que había entre los asientos envolventes y sacó un puñado de esos caramelos letales que ensanchaban el trasero.

—¿Un caramelo? —ofreció maliciosamente, tendiendo la mano con la dádiva.

Yo comía cuando estaba estresada y Sebastian lo sabía. Lo fulminé con la mirada, pero agarré unas cuantas golosinas deliciosas y tentadoras. Luego vi cómo tomaba una, la desenvolvía y se la metía en la boca.

—Si me revientan los pantalones, es culpa tuya —gruñí mientras desenvolvía un caramelo; el olor me hacía la boca agua cuando pasó de mi mano a mi boca. Cuando el sabor estalló en mi lengua, pregunté con curiosidad—: ¿De dónde los has sacado? Son adictivos. —Había probado muchos caramelos de esa clase, pero ninguno tan bueno.

Sebastian abrió la puerta del garaje mientras respondía.

—Son importados. Mi asistente me inició en ellos. Vacié el plato del despacho en un día. Ahora siempre tengo un cuenco lleno todas las mañanas.

Puse los ojos en blanco. Por supuesto, él podría comerse un cuarto de kilo de caramelos al día y aún así tener un cuerpo perfectamente esculpido.

—Yo estaría aún más rellenita de lo que estoy ahora.

—Eres perfecta —respondió Sebastian al maniobrar hacia la calle.

Adoraba y odiaba que dijera cosas así. Era apabullante.

—Sabes que no lo soy. —Después de todo, me metía mano todas las noches.

—Para mí lo eres —respondió sencillamente.

Y... ¿qué demonios podía responder a eso? Sebastian me aceptaba exactamente como era, con mi figura italiana curvilínea y todo.

—Gracias —respondí en voz baja, refiriéndome a mucho más que las palabras.

—No estoy seguro de por qué estás preocupada. Hacemos ejercicio todas las noches —respondió en un tono travieso que me hizo sentir escalofríos en la columna.

Le golpeé el brazo jugando.

—Pervertido.

—Culpable —dijo—. Me pongo caliente cada momento que estás conmigo.

Sonreí mientras masticaba el resto del caramelo, totalmente incapaz de preocuparme por cómo me veía cuando Sebastian actuaba como si fuera la mujer más preciosa del mundo.

—No me extraña adorarte —bromeé.

—Espero que aún lo hagas para el final de la noche —musitó en voz baja y ligeramente preocupada.

—Creía que habías dicho que todo iría bien.

—Espero que así sea —respondió misteriosamente.

—¿Qué ha sido de tu certeza de que le encantaré a tu familia?

—Oh, les encantarás —dijo con confianza.

—Entonces, ¿qué te preocupa? —Sus comentarios crípticos empezaban a ponerme nerviosa.

—Paige, yo... —su voz se apagó, la frase inacabada.

—¿Qué? —Miré su perfil, intentando averiguar qué le preocupaba.

Él sacudió la cabeza.

—Nada. Lo averiguarás muy pronto.

—Sebastian, estás preocupándome —le advertí.

—No te preocupes —me pidió mientras tomaba mi mano en la suya—. Todo saldrá bien.

Saboreé la cercanía cuando entrelazó nuestros dedos. No podía verle los ojos, así que era difícil entender si realmente estaba preocupado por algo.

—Bueno. Confío en ti.

Él gimió.

—Por eso es por lo que estoy un poco preocupado.

—¿Por qué?

—Digamos que he llamado a unos cuantos invitados adicionales.

—Pensé que era solo la familia.

Trace y Sebastian vivían a pocos kilómetros el uno del otro, de manera que ya estábamos aparcando en el garaje del rascacielos donde Sebastian había dicho que Trace tenía el ático.

—Técnicamente, solo es la familia —respondió con vaguedad.

—Dime quién más viene. Odio las sorpresas.

—Lo sé —respondió; sonaba afligido cuando aparcó el coche y bajó de un salto sin responder la pregunta.

Se movía deprisa; me ayudó a salir del coche, lo cerró y volvió a entrelazar nuestros dedos al entrar en el edificio y en el ascensor que conducía al ático de Trace.

Estaba tensa; presentía que Sebastian ocultaba algo. A medida que el ascensor subía, empecé a sentirme extremadamente inquieta.

—¿Has invitado a tus parientes lejanos? ¿Voy a verme abrumada por multimillonarios?

—No. —Me sujetó contra la pared del ascensor, una mano a cada lado de mi cuerpo para que no pudiera escapar—. Paige, te quiero —dijo con voz ronca mientras me sostenía la mirada—. Recuérdalo.

Me perdí en su mirada oscura; mi cuerpo temblaba, el corazón estaba a punto de salírseme del pecho cuando agarré los bordes de la chaqueta negra que llevaba puesta.

—¿Qué?

Sebastian nunca había dicho esas palabras, pero al examinar su expresión, supe que las decía en serio.

—Te quiero, joder —carraspeó—. Creo que casi desde el momento en que te conocí. Tal vez no sea racional creer en el amor a primera vista, pero fue más que el hecho de querer acostarme contigo. Te sentí y me sentí atraído por ti como una obsesión que nunca desaparecería. Se ha vuelto más fuerte cada día. Quiero que seas feliz.

Empezaron a a saltárseme las lágrimas y mis emociones estaban fuera de control.

Atraje su cabeza y lo besé, intentando expresar sin palabras lo mucho significaba para mí lo que había dicho. Porque, sinceramente, no había palabras para expresar lo mucho que Sebastian significaba para mí.

Él me devolvió el beso con una desesperación que me dejó sin aliento y ambos salimos jadeando del ascensor cuando se detuvo.

Apoyó la frente contra la mía cuando dijo:

—Todo lo increíble nos sucede en un ascensor.

Quería decirle que yo también le quería. Que su apoyo y amor incondicional lo significaban todo para mí.

Pero no tuve la oportunidad cuando salimos sin aliento del ascensor y nos percatamos de que la puerta de lo que tenía que ser el ático de Trace ya estaba abierta.

Me detuve sobre mis pasos, atónita al darme cuenta exactamente de a quién más había invitado Sebastian a la cena de Acción de Gracias, porque esperaban en la puerta.

Confusa, sacudí la cabeza en negación.

—¿Mamá? ¿Papá?

El corazón se me hizo trizas al confrontar a las dos personas que más quería en el mundo; unos padres maravillosos que pensé que tendría para toda la vida, pero que finalmente me dejaron enfrentarme sola a la oscuridad.

Sebastian apretó mi mano, agarrándome firmemente. Sabía que probablemente temía que huyera. Pero mis días de esconderme se habían terminado.

No di media vuelta y me marché. En lugar de eso, sentí cómo las lágrimas empezaron a fluir por mi rostro como un río cálido cuando finalmente enfrenté el dolor atroz de lo que había perdido.

CAPÍTULO 20

Paige

—¿*P*or qué habéis venido? —pregunté a mis padres con voz temblorosa cuando me senté en la sala de estar de Trace.

Sebastian nos había acompañado a todos rápidamente a casa de Trace y después de un saludo rápido a nuestros anfitriones, nos apresuró a los cuatro a la sala de estar.

Seguía tan estupefacta que apenas había podido musitar un saludo a Trace y Eva.

Seguía sin comprender por qué estaban mis padres allí, en casa de Trace. No teníamos familia cercana, así que estaba esperando que no fueran noticias funestas que sintieran la obligación de darme en persona.

—Sebastian nos ha invitado —respondió mi padre en voz baja—. Y tu madre y yo queríamos verte.

Los miré de hito en hito, percatándome de que Dennis y Maria Rutledge parecían prácticamente iguales que la última vez que los había visto. Sin embargo, no pude evitar observar las finas arrugas en sus rostros y sus miradas inquietas. Se sentaron directamente frente a mí en un sofá afelpado, así que no fue difícil ver los sutiles cambios que se habían producido a lo largo de los años.

Giré la cabeza a la derecha, mirando boquiabierta a Sebastian, sentado junto a mí en el sofá de dos plazas.

—¿Por qué? Sabías que no nos hablamos desde hace años. —Me sentía ligeramente traicionada y bastante desconcertada.

Él se encogió de hombros.

—Por eso. Los echas de menos, Paige. Sabes que sí. Y creo que estás un poco más preparada para escuchar lo que tengan que decir. Sabía que probablemente te enfadarías e incluso entendía el porqué. Pero quiero que seas feliz.

—Él nos llamó —dijo Maria, las manos juntas sobre el regazo con nerviosismo—. Paige, sé que estás enfadada, pero no estoy segura de que sea por la razón adecuada. Sebastian dijo que crees que estábamos preocupados de que tu padre perdiera su trabajo.

—¿No lo estabais? —pregunté dubitativa—. Queríais que mantuviera la agresión como un secreto sucio.

—Ya no trabajo para Talmage, cielo —dijo mi padre—. No lo he hecho desde que Justin te agredió. ¿De verdad creías que podía quedarme allí después de lo que pasó?

—Me violó. —Pronuncié cada palabra claramente. Sabía que a mis padres no les gustaba la palabra, pero una violación era lo que había ocurrido exactamente.

Mi madre empezó a llorar; las lágrimas le caían por las mejillas cuando lo reconoció:

—Lo sé, mi niña. Lo sé. ¿Sabes lo difícil que fue saber que no podíamos protegerte de eso y que ni siquiera podíamos ayudarte a conseguir que se hiciera justicia?

Mi padre abrazó los hombros de mi madre mientras hablaba:

—Tal vez no estuvo bien, pero eras nuestra dulce niña y queríamos protegerte. No había pruebas ni testigos aparentes. Era tu palabra contra la de Justin. La familia Talmage te habría hecho pedazos y te habría despojado de todo ápice de dignidad intentando culparte a ti. No se trataba de que no quisiéramos que Justin pagara por ello ni de que nos importara una mierda lo que nos ocurriera a nosotros. Somos tus padres, Paige. Solo queríamos que estuvieras a salvo.

Parpadeé, sorprendida de haber oído palabras malsonantes de boca de mi padre.

—¿Me creíais? —Tenía que preguntárselo. Necesitaba saberlo.

—Sí, claro que te creíamos —contestó mi madre, con aspecto de no haber dudado un instante de mi recuento del suceso.

Mi padre asintió.

—Nunca nos mentías, Paige. ¿Por qué no habríamos de creerte?

«Ay, Dios. Es posible que realmente estuvieran intentando protegerme», pensé.

Ciertamente, no había comprendido su postura entonces, pero Sebastian tenía razón. Era más mayor, más sabia y ahora estaba mucho menos traumatizada.

—Estaba enfadada —expliqué en voz baja—. Lo único que quería era que Justin pagara por todo lo que sufrí aquella noche: el miedo, la humillación, la indefensión que sentí cuando no pude hacer nada excepto estar a su merced. Y no tuvo clemencia. Me hirió físicamente y me atormentó emocionalmente —dije con un fuerte sollozo.

—Lo sabemos, cariño, y tu madre y yo lo sentimos muchísimo. Ambos estábamos tan disgustados de que alguien hubiera lastimado a nuestra pequeña que no lo manejamos muy bien. No hablamos de ello contigo porque no podíamos lidiar con ello. No fue justo para ti —dijo mi padre con la voz quebrada por la emoción.

Negué con la cabeza.

—No debería haber escapado. Si necesitaba hablar, debería habéroslo dicho. —Estaba empezando a darme cuenta de mis propios errores. Quizás mis padres no habían lidiado muy bien con mi violación, pero nuestro malentendido no fue todo por su culpa—. Estaba enfadada y no poder ir a la policía me hizo sentir impotente y aterrorizada. Me sentí traicionada porque queríais silenciarlo todo y eso significaba que tenía que guardarme todo mi dolor.

—Nos culpábamos porque nos costó mucho escuchar lo que sucedió —confesó mi padre.

Me sequé las lágrimas que aún caían por mis mejillas al preguntar:

—¿De verdad no trabajas para Talmage? ¿Dónde fuiste?

Mi padre me lanzó una sonrisa triste.

—Con su mayor competidor. De hecho, soy mucho más feliz allí.

—¿Así que salió bien? —pregunté ansiosa.

—No, cariño, no salió bien. Mi niña seguía sufriendo y no sabíamos cómo hablar contigo.

Me levanté y rodeé la mesa de café para arrodillarme junto al sofá. Agarré las manos de ambos mientras decía con voz temblorosa:

—Lo siento. Pensé lo peor. Ahora entiendo que estabais intentando protegerme. Teníais razón. Nunca habría ganado el caso y estoy segura de que habría sido objeto de burlas.

Mi madre me acarició el cabello mientras me miraba con amor en un par de ojos azules muy parecidos a los míos.

—Nosotros también lo sentimos, mi niña. Lo sentimos muchísimo. Nunca deberías haber tenido que pasar por lo que te hizo Justin.

Mi padre me apretó la mano.

—Te echábamos muchísimo de menos —dijo con voz pesarosa.

—Yo también os echaba de menos —reconocí con un sollozo de dolor.

Mi madre se puso en pie y me instó a levantarme para un fuerte abrazo italiano.

—Perdónanos. Y no vuelvas a marcharte —me susurró con urgencia al oído una vez que me envolvió en su abrazo.

Papá se levantó y nos atrajo a las dos hacia su cuerpo para un abrazo grupal mientras todos llorábamos. Pero, para mí, fue un momento purificador y cargado de emociones que pareció quitarme un peso de los hombros que ni siquiera me había dado cuenta que llevaba.

—Espero también me perdones a mí —comentó una voz ronca detrás de mí.

Me volví y vi la preocupación en ojos de Sebastian, de pie a un lado con las manos en los bolsillos de los pantalones.

Di dos besos a cada uno de mis padres rápidamente y después me arrojé en brazos de Sebastian, sorprendiéndolo momentáneamente antes de que me rodeara con sus brazos.

—Gracias —le susurré al oído fervientemente.

—De nada. Menos mal que no vas a echarme esto en cara, joder. No quería forzarlo, pero creía que estabas preparada —me dijo en voz baja junto a mi oído.

—Lo estaba —reconocí—. Supongo que simplemente no sabía cómo acudir a ellos y arreglar nuestras diferencias por mí misma.

Sebastian me tomó en brazos y me giró antes de volver a dejarme en el suelo.

—Feliz Día de Acción de Gracias, nena.

—Feliz Día de Acción de Gracias, Sebastian —dije en voz baja pero firme, estrechando su cuerpo fornido en un abrazo.

Nos separamos con desgana y se lo presenté oficialmente a mis padres. La conversación fluyó tan fácilmente que era como si nunca hubiéramos estado en desacuerdo.

Mamá me puso al día de todos los cotilleos de casa; papá me habló sobre su nuevo trabajo y sobre un fondo universitario que había ahorrado para ayudarme a pagar mis préstamos de estudios en el futuro. Yo me negué con la cabeza.

—No, papá. Úsalo para tu jubilación. Conseguí un puesto increíble trabajando para una gran empresa muy importante —le dije con voz burlona—. Pagan bastante bien. Creo que puedo apañármelas.

Sebastian habló con un tono igualmente jocoso.

—¿Bastante bien?

—Bueno, soy licenciada en Harvard —le recordé.

—Ya me he dado cuenta. Tenemos que darle un aumento, ¿Sra. Rutledge? —Sus ojos brillaban con malicia.

Yo fingí que reflexionaba su pregunta.

—Quizás aún no. Todavía soy muy nueva. Tengo que demostrar mi valía.

—A mí, no —respondió Sebastian con voz áspera—. Conozco todos sus atributos.

Tosí con fuerza para contener la risa, a sabiendas de que mis padres no entendían muy bien lo que estaba pasando. Lo miré de arriba abajo, acariciándolo con la mirada.

—Y yo conozco todos los suyos, Sr. Walker.

Su mirada se tornó peligrosamente ardiente al envolverme la cintura con los brazos desde atrás.

—Su hija es increíble —les dijo a mis padres.

Mi madre sonrió y papá asintió.

—Lo sabemos —dijo mamá con una sonrisa—. Espero que se nos invite a la boda.

—Mamá... no vamos... no estamos... no...

—Cuando llegue el momento, esperamos que participéis —Sebastian me interrumpió con soltura—. Primero tendré que ponerle un anillo.

—Si se está haciendo la difícil, podría darte unas pistas —ofreció mi padre—. Su madre también era obstinada.

Mi madre dio un golpecito juguetón en el brazo a su esposo.

—No lo era. Y a Paige le ha ido bien sin que le des la brasa a su novio.

—Hablaremos más tarde, Dennis —dijo Sebastian en tono conspiratorio.

Puse los ojos en blanco, pero me recliné contra el cuerpo grande de Sebastian, agradecida por su apoyo.

Sí, tal vez debería estar enojado, pero sabía que si me hubieran dejado tratar con mis padres yo solo, podría haber llevado mucho tiempo reunir el valor para acercarme a ellos.

Un golpe seco en la puerta nos sobresaltó a todos, luego todos nos reímos.

—Ey. Es Acción de Gracias y la máster chef está lista para sus invitados. —Trace estaba de pie en la puerta con una sonrisa en la cara.

—Ya vamos —le aseguró Sebastian.

Nosotros cuatro continuamos charlando, hablando de cosas sin importancia y bromeando cuando seguimos a Trace hasta la mesa.

Mi corazón estaba completo cuando dejé que Sebastian me condujera hasta mi sitio.

—¿Dónde está Dane? —pregunté con curiosidad.

—No ha podido venir —respondió Trace desde el otro lado de la mesa—. Enfermó y ahora está intentando terminar a tiempo una pieza importante por encargo. Dane ha estado aceptando cada vez más proyectos. Creo que necesita un poco de ayuda.

—Cuánto lo siento —dije yo, sin dirigirme a nadie en particular. Estaba bastante segura de que Sebastian, Trace, y Eva lamentaban la ausencia de Dane.

—Fue su elección —refutó Eva cuando entró en el comedor—. Le dije que se lo perdería.

Pensé en Kenzie al instante.

—Bueno, si necesita una asistente, conozco a alguien que mataría por trabajar con él. Le encanta su obra y ella misma es artista. Tiene mucho talento innato, pero nunca ha podido estudiar mucho formalmente. Para ser sincera, no he conocido a Dane, pero creo que tendrían mucho en común.

Vi a Sebastian y Trace intercambiando una mirada bastante intrigante antes de sentarnos todos a comer, y me preguntaba de qué se trataba, pero fue olvidado en cuanto los demás se unieron a la conversación. Comí muchísimo mientras observaba a mis padres relajándose por fin; obviamente, se habían dado cuenta de que aunque los Walker eran ricos, también eran auténticos.

La comida de Eva fue de lejos la mejor que había probado nunca, cada plato preparado con un amor evidente por la buena comida.

Mirando alrededor de la mesa mientras todos gruñíamos ante la idea de un pastel, que aceptamos de todos modos, me di cuenta de cuánto estaba cambiando mi vida y de lo mucho por lo que debía estar agradecida.

CAPÍTULO 21

Paige

Dos semanas más tarde, mi vida era tan buena que casi daba miedo. Todos los días ganaba un poco más de mí misma. Estaba perdiendo la necesidad de tener el control constantemente y, de hecho, había sido un poco espontánea. Cierto es que no era nada tremendo y emocionante, pero día a día, la verdadera Paige volvía y, es más, me gustaba.

Estaba uniéndome tanto a Sebastian que casi resultaba una agonía. Todos los días hacía algo para hacerme sonreí y todas las noches sacudía mi mundo.

Estaba dispuesta a pellizcarme para asegurarme de que realmente estaba sentada en un manantial en pleno invierno, en el exterior, y completamente desnuda con el hombre más atractivo que había conocido en toda mi vida. Rocky Springs, el recóndito resort que pertenecía a los primos de Sebastian y a su tía Aileen, era la zona más bonita que había visto en Colorado. Por supuesto, no había visto demasiado en otras regiones, pero me apostaría a que no había muchas cosas que pudieran mejorar nuestra ubicación actual.

Sebastian había reservado una «cabaña» para el fin de semana, que en realidad más parecía una elegante *suite* de hotel camuflada por troncos de cedro. Habíamos llegado un poco antes aquel día y yo chillé como una niña cuando monté en el asiento trasero de una moto de nieve con él. Averigüé muy pronto que su necesidad de poder y velocidad en el transporte no se limitaba a los coches.

—¿Te estás divirtiendo? —preguntó Sebastian, acariciándome el vientre perezosamente mientras yo estaba recostada sobre él.

El agua estaba divina. El aire era gélido, pero estábamos calentitos y cómodos en las aguas termales. Temía salir y correr hacia la puerta, pero no iba a pensar en eso cuando estaba recostada con Sebastian, mirando las estrellas.

—Esto es increíble —respondí sinceramente—. Resulta muy extraño estar tan calentitos en el exterior en pleno invierno.

—Ahora puedes contarle a Kenzie que has estado en las aguas termales en el mejor resort de Colorado.

—Le encantará —musité.

—¿La echas de menos? —Era más una afirmación que una pregunta.

—Sí.

—¿Qué hay de tus padres?

No estaba del todo acostumbrada al hecho de que estaba reconstruyendo mi relación con mi madre y mi padre, pero hablamos todos los días desde que volvieron a la costa este y sabía que íbamos a estar bien.

—También los echo de menos.

—¿Te sientes sola? —inquirió él.

Me giré para mirarlo a la luz tenue, asegurándome de mantener el cuerpo en el agua.

—No. Cuando estoy contigo, no creo que vaya a sentirme sola nunca.

Él sonrió, como si lo hubiera hecho el hombre más feliz del mundo. Dios... cuánto quería a aquel hombre. Sebastian había puesto mi mundo patas arriba, en el buen sentido. Tal vez ahora no siempre tuviera el control, pero estar con él merecía la pena y confiaba en él totalmente.

Mi corazón lo anhelaba cuando me abracé a su cuello y sentí que nuestros cuerpos se conectaban mientras yo estaba a horcajadas sobre él.

—Te quiero —dije sin aliento.

—¡Joder! Ya era hora de que lo dijeras, mujer —dijo con voz áspera, su mano rodeándome la nuca firmemente para atraer mi boca hacia la suya.

El deseo crepitó por mi cuerpo cuando Sebastian me devoró la boca en una pura expresión de desesperación. Me relajé y me derretí en él, entrelazando los dedos en su pelo y empuñando ásperos mechones.

De pronto me di cuenta de que nunca le había dicho que lo quería. Él me había dicho esas palabras en Acción de Gracias, pero yo nunca se las había dicho en voz alta a Sebastian.

Cuando por fin me besó hasta dejarme sin sentido, movió su boca peligrosa hacia mi cuello, mordisqueando y calentando la piel sensible.

—Te quiero. Te quiero. Te quiero —canturreaba las palabras, el alivio que sentí al decirlas completamente embriagador.

Estrechó su abrazo.

—Yo también te quiero, nena. Tanto que duele.

—El amor nunca debería doler —le susurré al oído.

—No te preocupes. Es un dolor muy placentero —respondió con una voz profunda y sensual que hizo que se me encogiera el corazón.

Su endiablada boca descendió a mis pezones como piedras, mis pechos ahora justo sobre la superficie del agua. Gemí y me recliné en sus brazos, dándole todo el acceso que quería.

Me provocaba y me mordía suavemente, luego lo calmaba con su lengua. De repente me di cuenta de a qué se refería cuando dijo que era un dolor muy placentero. El leve dolor seguido de intenso placer bastaba para enloquecerme.

—Sebastian —susurré, mi voz cargada de anhelo mientras sostenía su cabeza entre mis pechos.

Me dio más, todo lo que quería mientras seguía alternando de un pezón al otro, haciendo que la cabeza me diera vueltas por el deseo.

—Jódeme —exigí, necesitándolo tan dentro de mí que no podía respirar.

Me levantó y tiró de mí hacia adelante.

—No nena. Jódeme tú.

—¿Es eso posible? —pregunté vacilante.

Su sonrisa era perversa y seductora.

—Oh, sí.

Tenía que admitir que me encantaba la ingravidez del agua, pero necesitaba adelantarme y agarrar su miembro con fuerza.

—¡Dios! Ahora, Paige —ordenó, la voz cruda por el deseo.

Encajé nuestros cuerpo y después me sumergí tan fuerte como pude. Sebastian tomó el control, agarrándome las caderas para poder impulsarse hacia arriba, deslizándose en mi interior y llenándome hasta que gemí de satisfacción.

—¡Sí! —siseé, segura de que me contentaría con quedarnos así durante mucho tiempo.

—Móntame —dijo Sebastian mientras embestía, manteniendo un fuerte agarre en mis caderas.

Me levanté y volví a bajar mientras él embestía hacia arriba; la sensación resultante era increíblemente erótica cuando el agua caliente acariciaba mis pezones cada vez que descendía.

Me aferré más fuerte a su cabello y me incliné hacia abajo para besarlo, desesperada por una unión completa.

No quería admitirlo, pero necesitaba a aquel hombre completamente. Sebastian llenaba todos esos vacíos en mi alma que habían quedado expuestos después de conocernos.

Los había abierto y luego había reparado todos y cada uno de ellos.

La lenta cabalgada requerida por el agua era frustrante, pero alargó nuestro placer, haciendo que mi deseo aumentara hasta ser atroz.

Aparté mi boca de la suya con un grito de urgencia.

—¡Sebastian!

—Despacio, cariño —dijo con voz áspera—. Deja que llegue.

Giré las caderas, moliéndole el miembro; necesitaba la presión en el clítoris.

—Eso es, Paige. Tómalo. Toma lo que quieras.

—Te quiero a ti—gemí mientras seguía frotándome contra él.

—Me tienes —prometió con voz ronca—. Me tienes desde que me humillaste en ese ascensor.

Me levanté y volví a hundirme, mi movimiento machacador más desesperado, más urgente.

Las manos de Sebastian me agarraron el trasero y lo masajearon mientras yo giraba las caderas en un movimiento hipnótico, manteniendo el mismo ritmo de subibaja y después frotándome contra él. El placer aumentaba con cada movimiento.

Me estremecí de pronto al sentir que Sebastian me metía un dedo en el ano, deslizándolo lentamente en el agujero fruncido.

—Tranquila, nena —canturreó—. Sabes que no voy a hacerte daño.

Me relajé, sacudiéndome viejos fantasmas que me decían que ahí no había nada más que dolor. A medida que él sincronizaba su penetración superficial con el subibaja de mi cuerpo, me permití disfrutar la sensación carnal del movimiento del dedo de Sebastian dentro de mí. No dolió. No me hizo gritar de dolor. Me volvió loca porque cada vez me ponía más frenética, el calor en mi vientre empezando a dispararse directamente hacia mi sexo.

El clímax fue distinto, visceral y abrasador, ya que sacudió mi cuerpo y mi alma.

—Sí, Sebastian. Sí. —Me recosté y uní nuestras bocas, sintiendo que Sebastian me consumía por completo cuando gimió contra mis labios.

Me sumergí para que pudiera llenarme una vez más, girando con fuerza cuando me desplomé sobre él, su miembro en lo más profundo de mi ser.

La respiración irregular de Sebastian fue lo único que oí antes de que mi orgasmo me abrumara, haciendo que todo mi cuerpo se estremeciera mientras mi sexo se contraía fuertemente sobre su miembro.

Mientras cabalgaba mi clímax increíble, me penetró unas cuantas veces más, haciéndome gemir de agonía y éxtasis mientras me sujetaba contra él y liberaba su cálido desahogo con una maldición torturada.

—Sí. Joder.

Nos aferramos el uno al otro, ambos intentando recobrar el aliento cuando me atrajo fuertemente contra su cuerpo desnudo.

—Te quiero —dije con un suspiro de felicidad después de recobrar la respiración.

—Yo también te quiero, Paige —me susurró al oído con voz ronca.

Por una vez en mi vida, supe lo que significaba ser extáticamente feliz. Por fin entendí la euforia de la que hablaban mis compañeras y amigas cuando conversaban sobre los chicos a quienes amaban.

—Gracias —mascullé contra su piel cálida.

Se inclinó hacia atrás para mirarme a la cara.

—¿Por qué?

—Por ser tú —susurré—. Gracias por verme.

Cómo había podido ver Sebastian cosas en mí que otros no habían visto seguía siendo un misterio para mí, pero me sentía agradecida de que fuera capaz de llegar a lo más profundo de mi ser y sacar a la verdadera Paige de mi alma fría y vacía.

Ahora, lo único que sentía era un aluvión de emociones, como si cada sentimiento que había reprimido alguna vez fuera libre por fin.

—Te vi porque me reconocí —respondió, tirando de mí hacia él y acariciando la parte superior de mi espalda con un movimiento relajante—. Huí de todo durante tanto tiempo que no fue difícil ver qué estabas haciendo. Podía sentir tu calor, cariño, aunque no lo demostraras. No puedo decir que yo sea cálido exactamente, pero podía reconocerme en ti.

A su manera, Sebastian era bastante cálido. Tenía un corazón de oro bajo un persistente cinismo. Y era implacable cuando alguien le importaba.

—No tenía ninguna oportunidad —refunfuñé afablemente.

—No —convino amigablemente—. No desde el momento en que entraste en ese ascensor. Se me puso duro como una piedra casi al instante y, lo creas o no, mi interés por las mujeres era inexistente. Estaba demasiado absorto en mis nuevos proyectos como para preocuparme de si tenía sexo o no. Creía que mi pene estaba a punto de marchitarse y morir.

Dejé escapar una risa sorprendida y encantada.

—Puedo garantizar que no empezó a encoger.

—Me salvaste —dijo fingiendo dramatizar, divertido.

Me estremecí mientras sonreía; empezaba a sentir el frío en el aire ahora que estaba por encima del nivel del agua. Se había levantado un viento frío; penetraba el calor que desprendía la piscina mineral.

Sebastian, como chico observador que era, se puso en pie y me levantó en sus brazos; después entró corriendo a nuestra cabaña a través de la puerta corredera cercana.

Chillé cuando la fría brisa golpeó mi cuerpo desnudo, dejándome sin aliento.

—Bájame. No soy ligera —lo reprendí en voz alta.

—Eres una cosita —defendió él mientras me dejaba de pie en el baño privado del dormitorio principal—. Tenemos que lavarnos.

Observé cómo ajustaba el agua en el enorme recinto de la ducha, admirando la fuerza y la belleza de su cuerpo desnudo. Estaba perfectamente formado y era musculoso, y admiré su trasero duro como una roca mientras se volvía de espaldas para abrir el agua a una temperatura perfecta.

Incapaz de contenerme, me adelanté y me apreté contra su espalda, rodeándolo con los brazos y apoyando la cabeza contra su piel cálida.

—A veces me pregunto, ¿cómo sucedió esto? —pregunté en voz alta.

Él se volvió lentamente, luego levantó la mano para librar mi cabello desordenado de la pinza que lo confinaba, observando atentamente mientras los mechones caían en cascada sobre mis hombros.

—El destino —dijo, su expresión intensa, sus ojos oscuros, con una emoción que no podía nombrar exactamente.

—¿Crees en el destino? —pregunté con curiosidad.

Me besó la frente y tomó mi mano.

—Antes, nunca, pero estoy empezando a creer que existe. Soy un hombre de ciencia. Solo creía en cosas que podía probar, analizar o tocar.

—¿Qué pasó? —pregunté con incertidumbre.

—Te conocí —respondió simplemente.

Yo le sonreí.

—¿Eso es todo?

—Eras todo lo que necesitaba para demostrarme que hay algunas cosas que no siempre se pueden explicar racionalmente. Lo único que sabía era que te necesitaba.

Sentí una opresión en el pecho antes sus palabras. Sebastian no era la clase de hombre muy florido, así que sus honestas palabras lo significaban todo para mí.

—Yo también te necesitaba —contesté sin aliento.

Nuestra conexión era elemental, simple pero muy compleja si queríamos seguir volviéndonos locos por la manera en que encajábamos.

No quería seguir preguntándome por ello. Solo quería hacer tan feliz a Sebastian como él me hacía a mí.

Tiró de mi mano, conduciéndome bajo el chorro de agua clara.

—Desata la magia —dijo, sonando divertido.

Quería decirle que para mí, la magia ya estaba ahí. Era él. Era la forma en que le importaba, en que se preocupaba por mí y hacía todo lo posible para arreglar mi espíritu destrozado.

No tenía palabras cuando lo seguí a la ducha, pero no importó. En el momento en que me incliné sobre él y lo besé, ahí estaba la magia para nosotros dos.

CAPÍTULO 22

Paige

Supongo que era inevitable que tarde o temprano cayera de la nube al mundo real.

Ocurrió unos días después cuando Sebastian y yo estábamos de vuelta en Denver, tumbados holgazaneando en el sofá del salón, escuchando las noticias de la noche.

Mi cuerpo se tensó cuando oí el nombre de Justin Talmage mencionado por un conductor del noticiero de última hora. Mi estado de somnolencia se desvaneció y me enderecé cuando su imagen cruzaba la pantalla. Observé horrorizada mientras se informaba de la historia, sabiendo al instante qué había sucedido exactamente.

Sebastian se incorporó y me abrazó; permaneció en silencio hasta que terminó la primicia.

Estaba temblando cuando él apagó la televisión, aturdida y horrorizada por lo que acababa de escuchar.

—Lo hizo él. Sé que lo hizo. Pueden decir que se está investigando, pero es una patraña. Le dio una sobredosis a esa mujer y probablemente la violó —le dije airadamente.

—No es de extrañar que no haya podido encontrar a ese cabrón —dijo Sebastian furioso—. Estaba ocultándose en otra ciudad universitaria aquí en Colorado, buscando presa.

—¿Estuviste buscándolo?

—Claro que sí. He estado intentando localizarlo desde que descubrí lo ocurrido.

Me estremecí, aliviada de que Sebastian no hubiera encontrado a Justin.

—¿Por qué?

—Hay que detenerlo —respondió en tono peligroso.

—Lo sé. Pero no a tu manera —le dije firmemente.

Al instante supe lo que tenía que hacer. En el reportaje figuraba una estudiante universitaria que Justin supuestamente había encontrado a punto de morir en el apartamento de la joven. Aún había poca información, pero no me cabía duda de que Justin no había encontrado a la mujer en ese estado. Él lo había provocado. En el momento en que escuché que estaban haciendo pruebas de drogas como un motivo posible de su estado moribundo en una ciudad universitaria de Colorado, no dudé de que Justin no la había encontrado de tal guisa, sino que le había administrado la sobredosis él mismo.

—¡Cabrón! —Lo insulté mientras me ponía de pie—. No fui un caso único, Sebastian. Sigue drogando y violando a mujeres. Simplemente se ha libado de la cárcel. —Fui a buscar mi abrigo—. Tengo que irme. Tengo que ir a verla.

Sebastian me agarró del brazo para detenerme.

—Está en estado crítico, Paige.

—Entonces hablaré con sus padres. Por favor. Tengo que hacer esto.

Él miró mi expresión estoicamente.

—No puedo verte pasar por esto otra vez —respondió con voz ronca y cruda repleta de preocupación.

Lo miré suplicante mientras me soltaba.

—Entonces no lo hagas. Puedo ir sola. No está tan lejos.

—¡Joder! Eso no es lo que quería decir. Estaré a tu lado vayas donde vayas. Pero me matará que tengas sufrir más debido a Talmage.

Sacudí la cabeza, con la mirada fija en sus ojos.

—Ya es hora, Sebastian. No tiene que ser doloroso. Ya no se trata de mí. Se trata de ella. Sé lo que es estar donde está ella ahora mismo. Si no tienen pistas de que Justin es el responsable en realidad, es posible que todas las pruebas desaparezcan.

Vi que el músculo de su mandíbula se tensaba, como si estuviera apretando los dientes cuando asintió lentamente.

—Vamos. Pero si veo a Talmage, no puedo garantizar que no mate a ese cabrón con mis propias manos.

—Puede que necesite tu colaboración —le dije mientras me ayudaba con mi abrigo y agarraba el suyo del respaldo de una silla.

—Llegaremos a quien sea necesario para averiguar qué pasó —juró—. Llamaré a Blake si hace falta. Es un senador con muchos contactos influyentes.

Asentí efusivamente, a sabiendas de que tener una familia extensa tan bien conectada como la de Blake podría ser útil para hacer que la gente escuchara.

Usaría cualquier ventaja que pudiera obtener.

En cuestión de minutos habíamos salido de la casa y estábamos en la carretera, dirigiéndonos a toda velocidad al hospital donde la última víctima de Justin luchaba por su vida.

No tenía tiempo para remordimientos ni para desear haber podido detener a Justin años atrás. Estaba lidiando exactamente con lo que ocurría en ese preciso instante y eso tendría que bastar.

Pasaron dos días antes de que pudiera ver a Julie y hablar con ella. Sentada al lado de su cama, sentí que se me encogía el corazón en el pecho; la joven me recordaba muchísimo a mí misma hacía cinco años.

Sebastian había sido mi roca durante las últimas cuarenta y ocho horas. Se quedó conmigo en un hotel cercano mientras nos poníamos en contacto con toda la gente que podíamos para asegurarnos de que en el hospital se reunían pruebas a fin de averiguar si la joven había sido violada o no. Se pidieron pruebas de toxicología automáticamente porque no estaban seguros de que estuviera bajo los efectos de la droga.

—Ni siquiera lo conocía —dijo Julie tímidamente después de que todos los demás hubieran abandonado la habitación para que pudiera hablar a solas con ella.

La chica era bonita y sin pretensiones. No sabía cómo era en el bar donde se había encontrado con Justin, pero parecía pequeña y aterrorizada con una bata de hospital y casi tan blanca como las sábanas de la cama.

Extendí la mano y estreché la suya.

—Todo saldrá bien. Tienes todo el apoyo que necesitas —dije firmemente—. Cuéntame qué pasó.

Sabía que ya había dado a la policía toda la información posible. Habían recuperaron el ADN cuando hicieron una prueba de violación antes de que despertara de su sobredosis. El informe de toxicología mostró pruebas de una de las drogas para violaciones.

—Ojalá recordara más, pero me desmayé casi de inmediato —explicó vacilante—. Justin se ofreció a invitarme a una copa y acepté. Me la bebí muy rápido porque tenía sed después de bailar. Lo único que recuerdo es que me ayudó a salir, y que me desvistió en una limusina lujosa. Después de eso, todo está muy borroso.

—Es posible que recuerdes más tarde o temprano —dije con voz amable—. Yo tardé un tiempo en recordar algunas de las cosas que me ocurrieron y todavía no lo recuerdo todo.

—No estoy segura de querer recordarlo —dijo con lágrimas en los ojos—. Puede que sea mejor si no lo hago. ¿Por qué hizo algo así? No lo alenté. De hecho, dije que no cuando me pidió que me fuera con él.

—Por eso te drogó —le expliqué—. Afirma que eras una conocida y que te encontró desmayada.

—No lo había visto nunca antes de aquella noche y él sólo se presentó por su nombre de pila en el bar. Él quería que fuera con él, pero yo no quería. No estaba segura de por qué esperaba siquiera. Estaba allí con mis amigas y tengo novio. Nunca lo engañaría.

Yo sabía que Sebastian ya estaba hablando con el novio de Julie, intentando ayudarlo a lidiar con la mujer que quería y a apoyarla.

Lo adoraba por lo que estaba haciendo y por su perspicacia sobre lo que necesitaría la mejor red de apoyo de Julie para ayudarla.

—Lo sé —respondí suavemente.

—¿De verdad también te hizo esto a ti? —inquirió Julie.

Asentí.

—Me llevé por delante las pruebas al lavarme porque no fui al hospital. Para cuando finalmente reuní valor, no tenía nada excepto mi palabra contra la de Justin, y su padre es un hombre influyente.

—Nunca pensé que algo así fuera a ocurrirme a mí —dijo llorosa.

—Ninguna de nosotras lo hizo. Siempre es algo que creemos que le pasará a una pobre chica en las noticias. Pero sucedió y hay que pararle los pies a Justin. No podemos permitir que esto le pase a ninguna otra mujer —le dije en un tono fuerte y decidido.

—No lo permitiremos —respondió Julie, apretándome la mano—. Si eres lo bastante fuerte para contar tu historia, yo también puedo.

—Hay otras —le dije, esperando que le ayudara saber que no estaba sola. Otras dos mujeres habían hablado sobre Justin desde que saliera a la luz la noticia de que Justin Talmage probablemente era el culpable del estado de Julie.

Al igual que yo, parecieron encontrar fuerzas para luchar ahora que sabían que no estaban solas y se dieron cuenta de que había que parar a Justin.

—¿Te da miedo hablar de ello? —susurró Julie.

Sacudí mi cabeza lentamente.

—No. Ya no. Ahora hay un hombre maravilloso en mi vida que me entiende y me apoya. Créeme, eso ayuda.

—Julie también tiene uno —dijo la voz de un joven desde la puerta de la habitación del hospital.

Observé mientras la chica sonreía y exclamaba:

—¡Brad!

Obviamente, el novio de Julie había terminado su conversación con Sebastian. Me puse en pie y apreté la mano de la mujer una última vez antes de moverme hacia la puerta.

—Os dejaré solos.

Brad asintió mientras decía en voz baja:

—Gracias por todo.

—No hay necesidad de darme las gracias —respondí en voz baja—. Por fin estoy haciendo lo correcto.

Pasé junto a él y me alejé por el pasillo, saliendo por la entrada principal del hospital.

En el momento en que tomé el primer aliento de aire fresco, me rodearon los periodistas. Tenía que hacer una declaración pública y no vacilé en lo más mínimo mientras esperaba que las cámaras empezaran a rodar y que me acercaran a la cara todos los micrófonos.

Sonreí débilmente cuando vi a Sebastian y a mis padres abrirse paso entre la multitud para estar a mi lado. Me flanqueaban en cuestión de momentos e inspiré cuando una periodista me pidió que les contara quién era y qué me había ocurrido.

Noté el brazo de Sebastian rodeándome la cintura y mi madre me dio la mano al otro lado. Mi padre apoyaba a mi madre, igual que Sebastian me reconfortaba a mí.

Inspiré profundamente y respondí la pregunta:

—Me llamo Paige Rutledge y, hace cinco años, Justin Talmage me drogó, me agredió y me violó.

Las preguntas llegaron una detrás de otra y las respondí tan honestamente como pude. Pasados unos minutos, Sebastian gruñó que había terminado de responder sus preguntas y se abrió camino con el hombro entre la multitud, abriéndonos el paso a mí y a mis padres para que lo siguiéramos.

—¿Estás bien? —preguntó Sebastian inclinándose hacia abajo para preguntar, la voz llena de rabia y preocupación.

Por extraño que parezca, me sentía mejor de lo que me había sentido en mucho tiempo. Era más fuerte, más libre y más resuelta que nunca. Me apenaban las mujeres que habían sufrido en manos de Justin, pero confiaba en la esperanza de que nunca volviera a hacer daño a ninguna mujer.

—Estoy bien —respondí mientras los cuatro subíamos a su coche y escapábamos con celeridad.

Cuando llegó a la autopista, su mano tomó la mía y yo suspiré al entrelazarse nuestros dedos.

—Entonces, salgamos de aquí de una vez y vayamos a casa —dijo con voz retumbante.

Me recliné contra el asiento y me relajé, a sabiendas de que nunca había escuchado palabras más dulces que aquellas.

CAPÍTULO 23

Paige

—¿De verdad dejas Walker Enterprises? —preguntó Eva con curiosidad cuando estábamos sentadas en uno de nuestros restaurantes preferidos varias semanas después.

La esposa de Trace Walker se había convertido en una de mis mayores defensoras y en una amiga. Nos habíamos propuesto reunirnos para comer todos los sábados y hablaba por teléfono con ella casi todos los días. Hoy, los hermanos Walker tenían que ir a ver una propiedad que habían encontrado; podría satisfacer las necesidades de Sebastian para una oficina central de su empresa solar, así que Eva y yo estábamos solas.

Bebí un sorbo de agua para empapar el increíble burrito que estaba comiendo antes de responder:

—Tu cuñado me despidió.

—¿Sebastian? —exclamó Eva con los ojos como platos mientras me miraba sorprendida.

—Sí.

—¿Por qué demonios iba a hacer eso?

Me encogí de hombros.

—Porque sabía que no estaba haciendo el trabajo que quería hacer.

Eva sacudió la cabeza.

—No lo entiendo. Creía que te amabas Walker.

—Amo a un Walker, pero no a la corporación —dije en tono jocoso—. Sebastian sabía que siempre quise defender a personas que no podían permitírselo. Habló con Blake y el senador me ayudó a encontrar trabajo en el servicio público aquí, en Denver.

Eva frunció el ceño.

—¿Pero el sueldo no es mucho más bajo?

—Lo es —convine—. Pero tienen un programa de condonación de préstamos que puede ayudarme a que mi deuda de estudios sea manejable. Los pagos se basan en el nivel de ingresos y, finalmente, todos los préstamos serán condonados cuando haya trabajado en el servicio público durante el tiempo requerido. Como si se borraran. Mis pagos son tan altos ahora mismo que termino dedicando gran parte de mi nómina a la deuda. Y de veras quiero este nuevo trabajo. Puede ser desagradecido a veces, pero es más gratificante. Siempre quise ser abogada para ayudar a la gente a conseguir justicia. Eso significa para mí ahora más que nunca.

—Lo entiendo —musitó Eva de acuerdo con ella—. Me sorprende que Sebastian no haya pagado ya tus préstamos. Está loco por ti.

—Lo intentó —dije con una sonrisa—. Tuve que ponerme firme. Se suponía que solo estábamos probando nuestra relación. No quiero que pague mis facturas. Sebastian sabía que tendría préstamos que pagar. Es mi responsabilidad.

Eva puso los ojos en blanco.

—Ya lleváis un tiempo intentándolo. Creo que Sebastian estaba vendido hace mucho tiempo. No va dejarte escapar de ninguna manera.

—No quiero que lo haga —respondí sin rodeos.

—Ya me he dado cuenta —dijo con una sonrisa antes de volver a comer.

Comimos en silencio durante unos minutos antes de volver a hablar.

—Estoy feliz por el nuevo trabajo. Y técnicamente Sebastian no me despidió según mi expediente laboral. Tardé un tiempo en comprender que el dinero no significa poder necesariamente y que no tiene por qué ocupar el lugar de hacer lo que te apasiona.

—Entonces sin duda me alegro por ti. —Eva vaciló antes de añadir—: Estoy casada con uno de los hombres más ricos del mundo, pero Trace sabe que quiero trabajar. Nunca quiere impedirme hacer lo que me gusta. No sabría que hacer si no trabajara.

—Yo tampoco —reconocí, aunque no estaba en la misma situación que Eva. De ninguna manera iba a plantearme siquiera el no tener mi propia carrera.

Charlamos mientras terminábamos la comida relajadamente y el tema de conversación finalmente llegó al tercer Walker.

Eva suspiró.

—Estoy preocupada por Dane. No apareció en ninguna de las fiestas y suena muy solitario por teléfono. Necesita a alguien con él en esa isla.

—¿Qué pasa si quiere estar solo? —musité—. ¿Qué pasa si no quiere compañía?

—Eso quiere. Y está tan ocupado que necesita un asistente que lo ayude, pero no lo reconoce. No tengo idea de si se está cuidando o de si se para a comer siquiera. Trace dice que no cocina.

Sonreí, a sabiendas de que para una chef como Eva, no comer demasiado era, decididamente, algo muy serio. Pero yo también me preocupaba sinceramente por el solitario Walker, aunque no lo conocía en persona.

La conversación pasó a otros temas y nos quedamos demasiado tiempo cuando terminamos de comer. Miré el precioso reloj que me había regalado Sebastian y me percaté de que el tiempo había pasado volando y de que Trace y su hermano probablemente ya habían llegado a casa.

Eva me dejó en casa de Sebastian, se despidió con un aspaviento y una promesa de volver a quedar la semana siguiente antes de alejarse en el coche.

Busqué las llaves en mi bolso parada en la puerta delantera. Sebastian me había dado una llave y prácticamente vivía en su casa. Mi apartamento estaba muy silencioso y vacío.

Justo cuando tomaba en la mano el llavero del fondo de mi bolso, la puerta se abrió de golpe y Sebastian me arrancó del frente, tomándome en sus brazos musculosos.

—Hola, guapa. Te echaba de menos —dijo con voz ronca al oído mientras me abrazaba y me hacía dar vueltas.

Yo solté una risita, algo que intentaba encarecidamente no hacer a menudo, y protesté débilmente para que me bajara al suelo.

Me dejó de pie en el interior de la casa y la cerró detrás de mí.

Me quité el abrigo mientras lo miraba con ansiedad.

—Bueno... ¿Cuéntame? ¿Ha ido bien?

—Mejor que bien. Ha sido jodidamente fantástico. Ya hemos cerrado el trato y deberíamos poder ponernos manos a la obra muy pronto.

Solté un fuerte hurra y me arrojé nuevamente en sus brazos.

—Me alegro mucho por ti —le dije con entusiasmo.

Sebastian quería que fuera feliz, pero yo esperaba que él encontrara un lugar donde también pudiera hacer lo que quería.

Me abrazó fuerte y luego me besó, un abrazo largo y tierno que calentó algo más que mi cuerpo. Me tocó el corazón.

—Te quiero —dijo con voz ronca—. Cásate conmigo, Paige.

Su comentario fue tan inesperado que me sorprendió.

—¿Qué?

Se inclinó hacia atrás para poder mirarme a la cara. Su mano me acarició el cabello suelto, luego me levantó el mentón hasta que nuestros ojos se encontraron.

—He dicho *cásate conmigo*.

—¿Eso ha sido una pregunta o una orden? —bromeé.

—Era una pregunta si estás diciendo *sí*. Si quieres pensártelo, entonces es una orden —respondió, el tono nervioso de su voz contradiciendo sus palabras.

—Creía que queríamos que esto no se complicara.

—No. Vamos a complicarnos la vida —sugirió esperanzado mientras buscaba en el bolsillo de sus pantalones, sacaba una bonita caja de terciopelo rojo y luego abría la tapa.

—¿Te casas conmigo?

Miré el enorme diamante engastado en platino, con los ojos abiertos de par en par cuando la gema centelleó bajo la luz.

—Ay, Dios. Es precioso —dije asombrada mientras los ojos se me llenaban de lágrimas.

—Di ya que te vas a casar conmigo —se quejó Sebastian—. Me estás matando.

—¡Sí! —exclamé, las lágrimas desbordándose rápidamente—. Sí.

—Gracias, joder—dijo Sebastian, su alivio evidente en su voz cuando tomó el anillo de la caja y me lo deslizó en el dedo.

—Es la talla perfecta.

—Se la pregunté a tu madre —dijo con picardía—. Iba a llevarte a una cena romántica y a pedírtelo después, pero ya no podía esperar más. Has sido mía desde el momento en que entraste en ese ascensor en Walker. Necesito que sea oficial.

Le rodeé el cuello con los brazos, saboreando el peso de su anillo en el dedo como un símbolo de su amor.

—¿Alguna vez hemos hecho algo normal?

—Todavía no —respondió con una sonrisa.

Lo besé con ternura, con la certeza de que saborearía aquel momento durante el resto de mi vida. No esperaba que quisiera casarse conmigo entonces, pero, sin duda, no me planteé rechazarlo en ningún momento. Sebastian lo significaba todo para mí y ya no podía imaginar la vida sin él.

La ternura dio paso rápidamente a la chispa de la pasión cuando él tomó el control del beso, sosteniéndome la nuca mientras devoraba mi boca.

—Te necesito, Paige —dijo en tono gutural cuando apartó su boca de la mía de un tirón.

—Ya soy tuya —le dije sinceramente.

Me agarró el trasero y yo salté y rodeé su cintura con las caderas, desesperada por tenerlo dentro de mí.

—Jódeme, Sebastian. Sin juegos previos, sin calentarme, sin esperar.

Apoyando los pies en el suelo, empecé a despojarme de la ropa, observando mientras Sebastian hacía lo propio con urgencia. Él terminó primero y después se acercó a mí tirando de mi ropa interior estratégicamente, arrancándomela del cuerpo fácilmente y sin dolor.

—¿Otra vez? —gruñí, sabiendo que él acababa de destrozar otro par de la costosa lencería que me había regalado.

—Te compraré más —murmuró mientras sus manos vagaban por mi cuerpo posesivamente.

No pude emitir nada excepto un gemido cuando sus dedos deambularon entre mis muslos, luego se deslizaron con pericia entre mis pliegues y directamente hasta mi clítoris resbaladizo.

—Dios, Paige. Siempre estás lista y húmeda para mí.

No podía discutírselo. Mi cuerpo respondía a él tan fácilmente como el suyo a mí.

—Jódeme, Sebastian. Haz que todo esto sea real.

La cabeza todavía me daba vueltas por su proposición y lo único que quería era hacer que me penetrara. Mi alma, mi cuerpo y mi corazón necesitaban que Sebastian confirmara lo que yo ya sabía que era verdad.

Nuestro lugar estaba juntos. No sabía si era el destino. Pero, al igual que Sebastian, empezaba a pensar que siempre habíamos estado hechos el uno para el otro.

—Todo esto es muy real, nena —dijo arrastrando las palabras cuando mi espalda tocó la pared.

—Ahora —exigí, aferrándome más fuerte a su cintura en una súplica silenciosa de que uniera nuestros cuerpos.

No dudó en embestir y penetrarme con bastante fuerza para hacerme gritar.

—¡Sebastian! Ah, Dios. Sí. Por favor.

Mi cuerpo clamaba por él e inhalé su aroma embriagador mientras él enterraba su miembro hasta la raíz en mi interior.

Fue una locura frenética y descontrolada que nos llevó al límite a ambos a medida que Sebastian taladraba mi canal resbaladizo, jodiéndome como si fuera cuestión de vida o muerte.

Mi clímax llegó tan rápido que me dejó sin aliento, jadeando por desahogarme. Nos impulsamos juntos, Sebastian colocándome para que cada embestida frotara mi clítoris erecto, presionando hasta un punto casi insoportable.

—No puedo esperar —gemí, frotándome contra él cuando me penetraba.

—Entonces no lo hagas —gruñó él—. Esto. Es. Real.

Hundí los dedos en su cabello y lo agarré con fuerza cuando mi orgasmo tomó el control, lanzándome a las oleadas de placer que inundaban mi cuerpo e impregnaban mi corazón.

Aferrándome fuerte, mi desahogo fue tan intenso que le mordí el hombro mientras nuestros cuerpos seguían sacudiéndose juntos.

—Oh, joder. Me encanta que hagas eso —gimió, martilleando más fuerte cuando ambos corrimos hacia el orgasmo.

Los sonidos de nuestra respiración fuerte llenaron el aire cuando nos colgamos el uno del otro, absorbiendo las últimas ondas de placer de nuestros orgasmos explosivos. Sebastian tropezó hasta el sofá con nuestros cuerpos aún conectados y solo permitió que nos separásemos cuando cayó de espaldas en el sofá y me atrajo sobre él.

Ambos estábamos resbaladizos de sudor mientras yo intentaba calmar mi respiración y mi corazón desbocado.

—Eso ha sido real —bromeé cuando finalmente recuperé el aliento.

—Mucho —convino él mientras me daba un cachete juguetonamente en el trasero.

—Te quiero muchísimo —susurré sin aliento, apoyando las manos junto a su cabeza para levantarme.

Sus ojos me acariciaron el rostro, su expresión intensa diciéndome todo lo que necesitaba saber.

Mirando al hombre que había cambiado mi vida literalmente, me di cuenta de que nuestro encuentro no pudo ser un accidente. ¿Cómo se encuentra exactamente lo que se necesita en el momento indicado?

Ansiaba a aquel hermoso hombre como si me faltara el aire.

—Te amo, cariño —respondió finalmente, su tono cargado de emoción.

Nos saltamos la elegante cena y comimos perritos calientes en casa. Después pasamos la noche cerrando el trato de nuestro compromiso completamente desnudos, lo cual en mi opinión fue mucho más placentero que vestirse para la cena.

CAPÍTULO 24

Sebastian

—¿Cómo van los planes para la nueva propiedad? —preguntó Trace cuando estaba sentado en su despacho una semana después de comprometerme con Paige.

—Bien. Realmente bien. —La compra estaba progresando y los detalles sobre el diseño y el uso del espacio se estaban finalizando—. Creo que es un sitio mejor que los de Nuevo México y está más cerca de Denver, así que puedo salir sobre el terreno más a menudo.

—¿Cómo está Paige? —preguntó Trace.

—Es mía. —Poner ese anillo en su dedo fue lo mejor que había hecho en mi vida. Pero aún así no refrenaba el deseo apremiante de aislarla de cualquier cosa que pudiera hacerle daño en el futuro—. Estoy completamente obsesionado con su felicidad, lo cual me resulta bastante incómodo —le reconocí a Trace descontento.

Él me miró con curiosidad.

—¿Por qué?

Me encogí de hombros.

—No es normal, joder. Casi odio el hecho de que haberla obligado a aceptar un trabajo nuevo. No puedo verla. No puedo asegurarme de que está bien. Podría volverme loco.

Trace soltó una carcajada resonante.

—Así es cuando estás locamente enamorado —dijo, divertido.

—La amo. Tanto que no estoy seguro de que sea sano.

—Querer que sea feliz no tiene nada de malo, Sebastian. Y no es ningún crimen extrañarla. Demonios, todavía me irrito cuando no veo a Eva por la mañana.

—Lo sé. —Trace podía ser un auténtico imbécil si al menos no podía besar a su esposa por la mañana—. Oh, joder. Estoy empezando a actuar exactamente como tú —gruñí, percatándome de repente de las similitudes.

—Bienvenido a mi mundo —dijo Trace en tono seco—. Sobrevivirás. Solo a veces parece que no lo conseguirás. Paige merece la pena.

Guardé silencio mientras sopesaba sus palabras. En realidad, Paige valía cualquier sacrificio. Y era feliz. Sólo deseaba no echarla tanto de menos.

—Tal vez me sienta más seguro cuando nos estemos casados.

Trace sacudió la cabeza.

—No. Te preocuparás aún más porque tendréis una conexión a otro nivel.

Ahora que lo había pensado, Trace se había vuelto aún peor en su obsesión por su esposa después de la boda.

—Estoy jodido —contesté con voz grave.

—Entonces no te cases con ella —contestó Trace a la ligera cuando dio un trago de café de su taza.

—En absoluto. Sudé la gota gorda preguntándome s diría que sí. No voy a volver a pasar por esa mierda otra vez.

A veces seguía preguntándome cómo un vividor de mi clase podía terminar con una prometida como Paige. Ella era el tipo de mujer que lloraba al conseguir algo tan sencillo como un nuevo reloj o lencería... o incluso un abrigo nuevo. Sí, siempre decía que solo era porque pensaba en ella, pero nunca había conocido a una mujer a la que le importara un cuerno si pensaba en ella. Con otras mujeres, era el regalo y el precio lo que contaba. Pero no con mi prometida. Con ella, realmente era la intención lo que contaba.

El pene se me puso duro como una piedra en segundos mientras mi mente deambulaba a la noche en que nos comprometimos...

—¡Sebastian! —exclamó Trace.

Lo miré con sentimiento de culpabilidad.

—Sí.

—Tenías la cabeza en otra parte —concluyó Trace.

—Sí. Durante un minuto. ¿Qué has dicho?

Mi hermano me lanzó una mirada astuta antes de decir:

—¿Dane va a venir a la boda?

—Más le vale —gruñí—. O lo sacaré de su isla a rastras.

Quería que mi hermano pequeño estuviera presente para compartir mi felicidad. A buen seguro, solo iba a casarme una vez y quería todos los testigos que pudiera conseguir.

—No creo que haga falta. Llevé a cabo tu plan —dijo Trace en bajo—. Creo que tienes razón. Necesita ayuda de más de una manera. Sé que está ocupada, pero creo que está utilizando su éxito como excusa para evitar el mundo por completo. Incluso a su familia.

Asentí. No estaba seguro de cuánto le gustaría nuestro plan a Paige, pero no creía que fuera a oponerse a que ayudáramos a su mejor amiga y a mi hermano.

—Dane nos matará si no funciona —le indiqué a Trace.

—Bueno, al menos tendría que salir de su isla para eso —dijo mi hermano mayor con una sonrisa.

Le sonreí satisfecho.

—Sí. Lo hará. Espero que Kenzie pueda traerlo de nuevo a la vida.

—Sonaba emocionada ante un nuevo trabajo, especialmente uno que paga mucho y que implica la carrera artística de Dane. Lo único de lo que no parecía contenta era de dejar la ciudad.

Fruncí el ceño.

—Sí. Paige mencionó que le gustaba la vida en la ciudad.

—Pero parecía más que dispuesta a lidiar con ello.

Todavía tenía que conocer a la mejor amiga de Paige, pero sabía que el dinero le vendría bien y tenía las habilidades y la experiencia para ayudar a Dane. De hecho, estaba casi seguro de que entendería a mi hermano pequeño mejor que nosotros en ese momento.

—Bien. Yo...

—¿Se puede saber qué le habéis hecho a mi mejor amiga? —Una voz femenina enfadada que reconocí al instante se oyó desde la puerta del despacho de Trace.

—¿Paige? —dije, confuso cuando me volví para verla de pie en el interior. Se veía preciosa con un vestido azul claro y tacones, el pelo recogido en un moño considerablemente menos austero.

«¡Dios!», pensé. Estaba increíble. Por desgracia, también parecía cabreada.

Me ignoró al aproximarse al escritorio de Trace.

—¿Habéis enviado a mi mejor amiga a una isla remota en algún lugar?

Trace gesticuló hacia la silla junto a la mía con calma.

—Por favor. Se suponía que no iba a decirte nada hasta que Sebastian hubiera tenido oportunidad de hacértelo saber primero.

Se sentí en el borde de la silla y después exigió:

—¡Habla! Dime por qué habéis enviado a mi amiga al medio de la nada. Y más vale que sea una buena excusa. Kenzie no ha tenido la vida más fácil. Y tuve que tomarme un tiempo en un trabajo nuevo que me encanta para averiguar qué estáis haciendo.

Una cosa que me encantaba de mi prometida era el hecho de que defendía ferozmente a alguien que le importaba o a personas de quienes sentía que se estaban aprovechando. Aun así, adoraba ese rasgo, pero en aquel momento deseaba que estuviera un poco menos a la defensiva. Pero eso no iba a suceder. Paige había nacido para luchar por los que no podían.

—Iba a decírtelo —confesé—. Estábamos intentando ayudar a Kenzie, no hacerle daño. Trace y yo le ofrecimos un puesto como asistente de Dane. Se le va a pagar una pequeña fortuna, que creo que le vendría bien. No tiene que pagar los gastos de vivir en la ciudad y eso ayudará a mi hermano pequeño. Dijiste que le encanta su obra y le encantaría trabajar con él. Así que le hicimos una propuesta.

—Una que no pudo rechazar, supongo —dijo Paige con un suspiro—. Le encanta vivir en la ciudad. Odiará vivir en una isla sin nadie con quien hablar. ¿Podré hablar con ella siquiera?

—Tendrá a Dane. Y sí, todavía puedes hablar con ella. Tal vez él estaría dispuesto a trabajar en la obra de Kenzie con ella —sugirió Trace.

Vi a Paige cruzándose de brazos antes de lanzarnos una mirada de advertencia a Trace y a mí.

—¿Cómo se siente Dane sobre que vaya a trabajar con él?

El despacho se quedó en silencio, los grillos cantando mientras yo buscaba desesperadamente una respuesta que no fuera una mentira.

—Ay, Dios. ¿No lo sabe?

Los grillos seguían cantando.

—Es mejor así —dijo Trace con firmeza—. Dane se está retirando del mundo. Pero una vez que Kenzie aparezca, espero que lo postergue.

—Podría terminar sufriendo —respondió Paige enfadada—. ¿Se os ocurrió a alguno de los dos?

—Si Dane la rechaza, la pagaremos nosotros —dije con insistencia; no quería que Paige pensara que echáramos a su mejor amiga a los lobos.

—No se trata del dinero —Paige me lanzó una mirada acusadora—. Te he contado parte de la historia de Kenzie. Si la rechaza, se sentirá aún peor consigo misma de lo que ya se siente. Tardó mucho tiempo en aceptar qué le ocurrió. Puso todo su mundo patas arriba, y no en el buen sentido.

Sinceramente, no había pensado en los sentimientos de Kenzie.

—Creíamos que estábamos ayudándolos a los dos —respondí con voz ronca.

—Dane no le hará daño —dijo Trace en voz baja.

—Puede que no físicamente...

—Ni emocionalmente. —La expresión de Trace era pensativa cuando prosiguió—. Nuestro hermano pequeño ha pasado por demasiados retos propios, y aunque no lo admite, se siente solo y dolido. No le hará eso a nadie más.

Paige suspiró.

—Espero que tengas razón. No es que no quiera que tenga todas las oportunidades que pueda, pero me preocupa que viva en una cabaña en algún lugar desierto. Es mi mejor amiga y la única persona que me apoyó durante años.

Quería recordarle a Paige que ahora había mucha gente a su lado, yo incluido. Pero eso no compensaba los años que había tenido que luchar sola.

—¿Una cabaña? —pregunté finalmente.

—Doy por hecho que es un lugar remoto —dijo Paige mirándome y después a Trace.

—Es remoto, pero dista mucho de ser primitivo —explicó Trace—. Dane tiene todos los detalles que cualquiera pudiera desear y algunos en los que Kenzie ni siquiera había pensado.

Observé una expresión de alivio cruzando el bonito rostro de Paige.

—Parecía emocionada, especialmente por conocer a Dane y trabajar con él. Pero no quiero que se decepcione.

—No lo hará —le aseguré a Paige con confianza—. Puede venir a nuestra boda con Dane. Si está mínimamente triste, le encontraremos otra cosa, algo mucho mejor que tener trabajos esporádicos en Nueva York.

—Tienes razón. No estaba en un buen puesto —reconoció Paige—. Pero no quiero que su situación vaya de mal en peor. Me ofrecí a ayudarla, pero no aceptó nada.

Incapaz de contenerme de tocarla, tomé la mano de Paige.

—Es tan obstinada como tú —le dije con una sonrisa—. Quiere trabajar por lo que tiene y no acepta limosnas.

—¿De verdad crees que esto los ayudará a ambos? —preguntó inquieta—. Estaba en la carretera, así que se cortó la llamada antes. No conseguí mucha información.

—Sinceramente... sí. Sin duda, no puede hacer daño y vamos a pagarle una fortuna.

Paige me apretó la mano y el corazón me batió contra el pecho. Por fin Paige se relajó visiblemente.

—Espero que tengas razón.

—Yo también.

Se puso en pie, su mano aún en la mía mientras decía con remordimiento:

—Tengo que volver al trabajo. Supongo que tendremos que ver cómo marcha todo. Pero creo que ambos deberíais haberle dicho a Dane lo que estabais haciendo. Es adulto. Debería ser capaz de tomar sus propias decisiones.

Trace asintió.

—De acuerdo. Pero también es nuestro hermano.

—Lo sé —respondió Paige suavemente.

—Bajo contigo —dije impaciente, levantándome para caminar con ella al ascensor.

—Te veré en la cena la semana que viene —le recordó Trace a Paige.

Ella sonrió.

—Allí estaré. No me perdería la noche italiana. La pasta es mi debilidad y ya sé que Eva la prepara mejor que todos los restaurantes a los que he ido.

Trace y Paige se despidieron amigablemente y entraron de la mano en el ascensor. Entramos en unos de los ascensores que estaba abierto y vacío.

No perdí la oportunidad de abrazarla y absorber momentáneamente su tacto en mi alma.

—Todo irá bien —le prometí.

Ella puso las manos sobre mis hombros y me observó con su preciosa mirada azul.

—Eso espero. Quiero que Kenzie sea feliz.

—Y yo quiero que tú seas feliz —respondí.

—¡Ah, lo soy! Ahora mismo estamos de vuelta en el lugar donde todo empezó.

Ahí estábamos. En el mismo ascensor en el que subimos aquel día profético en que Paige me agarró por las pelotas para no soltarme nunca.

La apreté contra la pared en broma.

—¿Vas a pedirme que me mueva?

Ella me sonrió y el corazón casi me explotó en el pecho.

—No —dijo en tono de broma—. No creo que lo haga. Creo que preferiría que me besaras.

—El olor de tu pelo todavía me lo pone duro —admití mientras inhalaba profundamente después de enterrar el rostro en sus gruesos mechones oscuros.

—Y tú todavía hueles a macho *sexy* y caliente, y a caramelo.

Decidí que podía vivir con eso cuando bajé en picado para capturar su boca, deseoso de marcar a Paige Rutledge como mía para siempre.

Tal vez volviéramos al principio cuando compartimos un intercambio apasionado en el mismo ascensor donde nos conocimos, pero besarla solo mejoraba cada vez más.

¿Cómo podría haber sabido que la mujer que me excitaba en mucho tiempo terminaría significándolo todo para mí?

Le rodeé la cintura con el brazo cuando salimos del ascensor en la planta baja; entonces la detuve en el vestíbulo, que estaba considerablemente más atestado que todas aquellas veces en que me rechazó.

—¿Cenas conmigo esta noche? —pregunté en tono coqueto. Aunque tal vez solo deseara la satisfacción de oírle decir *sí* esta vez.

Pareció captar a lo que me refería y me sonrió alzando la mirada.

—Bueno, sí, Sr. Walker, creo que sí.

—Ya era hora —gruñí mientras la besaba en la frente.

Decidí que realmente deseaba escucharla decir que quería estar conmigo, porque mi corazón aún martilleaba de júbilo, a pesar de que llevaba mi anillo.

Sonreí como un bobo mientras la acompañaba hasta su coche, sintiéndome como el cabrón más afortunado del mundo.

EPÍLOGO

Paige

UNAS SEMANAS DESPUÉS...

—Por fin ha terminado —le dije a Sebastian mientras veíamos la noticia de interés de que pendían cargos de varios delitos graves sobre Justin Talmage en el caso de Julie.

—Acaban de acusarlo y está retenido en prisión —dijo cautelosamente mientras apagaba la televisión.

Estábamos en nuestra postura habitual, con mi espalda pegada a su pecho, recostados en el sofá para ver las noticias.

Sacudí la cabeza.

—Realmente se ha terminado. Su papaíto no puede librarlo de estos cargos con dinero y hay pruebas contundentes. Además, están surgiendo mujeres de la nada para contar sus historias sobre él. No puedo creer que se haya salido con la suya durante tanto tiempo. Tantas mujeres.

Por el momento, el recuento de víctimas anteriores llegaba a quince; ninguna de ellas estaba en posición de hablar en contra de Talmage o todas temían hacerlo. Aunque ninguna de ellas tenía más pruebas que yo, el caso de Julie era tan fuerte que

Justin sería encerrado durante mucho tiempo. Yo estaría en el juicio para verlo.

La idea no me trajo nada más que alivio. Julie era fuerte y estaba yendo a terapia en ese momento. Tenía el apoyo de su familia y su novio, por lo que no iba a abatirse por ningún motivo.

—Aquí no es tan conocido como en la costa este —sopesó Sebastian en voz alta—. Así que eso ayudará.

—Lo siento por Julie, pero me alegro de que esté viva y de que por fin Justin vaya a recibir su merecido esta vez —dije soñolienta.

—Se merece estar a dos metros bajo tierra —gruñó Sebastian.

Yo sonreí.

—Soy abogada. No puedo estar de acuerdo con eso.

—No tienes por qué —dijo Sebastian mientras me abrazaba la cintura con fuerza—. Yo puedo odiar tanto a ese cabrón solito.

—Yo también lo odio, dije yo con tranquilidad—. Pero lo que hizo ya no gobierna mi vida. Nunca mereció esa clase de poder.

Había hablado con varias mujeres que fueron víctimas de Justin. Algunas de ellas habían pasado página mejor que otras. Pero yo estaba resuelta a que Justin no pudiera volver a quitarme la energía nunca. Reía. Amaba. Había perdonado a mis padres y ellos me perdonaron a mí. Tenía el trabajo de mis sueños, algo que me apasionaba. Y, lo que era más importante, tenía a Sebastian Walker, el hombre que me había enseñado que el sexo no era inútil ni malo. De hecho, era sumamente placentero.

—Te quiero, Paige. Eres muy valiente, después de todo lo que te hizo.

—No lo soy —discutí, contoneándome para volverme de frente a él—. Tú me diste valor, Sebastian. Estaba atascada hasta que me liberaste.

—Habrías encontrado la manera tú misma —respondió con certeza.

¿Habría reconocido yo lo que Sebastian había visto casi de inmediato? Me gustaría pensar que me habría dado cuenta de que estaba huyendo de la vida, envolviéndome en una burbuja para permanecer a salvo.

—Me alegro de que ocurriera de esta manera. Prefiero que fueras tú.

—Nos hemos ayudado mutuamente, nena. De eso trata el amor —dijo Sebastian arrastrando las palabras con pereza.

Suspiro mientras lo miro a los hermosos ojos oscuros, viendo su amor por mí en su mirada.

—Creo que te debo una. —No creía haber hecho tanto por Sebastian como él había hecho por mí.

Él sacudió la cabeza.

—Me quieres. Eso es bastante extraordinario.

Le sonreí.

—Eres fácil de querer.

Él sonrió.

—¿Qué mujer podría amar a un ex vividor?

—Yo —dije sin más—. Muy fácilmente.

Yo entendía a Sebastian, igual que él comprendía mis acciones.

—Por eso eres mía, cariño. Has sellado tu propio destino.

—Lo sé —dije con un suspiro, rodeándole el cuello con los brazos—. Hice bien.

Él rio con picardía.

—Mira, a mi modo de ver, ahí es donde metiste la pata. De verdad crees que soy un buen tipo, aunque fui un imbécil durante mucho tiempo. Pero es muy tarde. Estás atrapada conmigo. Nunca te dejaré marchar.

Estrechó su abrazo y, aunque sabía que estaba bromeando, había un timbre muy serio en su voz.

No me importaba el pasado de Sebastian. Estaba creciendo y luchando con problemas importantes. Lo único que importaba era quién era ahora y el hecho de que había vuelto a unirse a la vida con una naturaleza apasionada que sacudió mi mundo.

Sebastian era posesivo, pero yo amaba esa parte de él y no lo quería de ninguna otra manera.

—No estoy luchando para alejarme precisamente.

Froté mi cuerpo contra él como un gato.

—Estás buscando problemas —gruñó.

—Lo sé —respondí con voz sensual.

—Dios. Te quiero, mujer —me dijo al oído con voz áspera.

—Yo también te quiero, Sebastian —respondí yo con un suspiro de felicidad.

Me olvidé del mundo, excepto del hombre al que amaba cuando se levantó del sofá y me llevó con él. Sabía que iba a demostrarme lo mucho que me amaba y mi cuerpo tembló de anhelo cuando le abracé la cintura con las piernas y me olvidé del resto del mundo por un tiempo, dejando que nuestro amor y deseo nos envolvieran por completo.

Sebastian y yo habíamos esperado mucho tiempo para encontrarnos el uno al otro y estábamos impacientes por compensar los años de soledad que habíamos soportado ambos.

Mis padres y Trace tenían razón. Cuando encuentras a la persona adecuada... lo sabes de corazón e instintivamente.

Nuestro encuentro no había sido tan perfecto ni tan profundo como siempre había soñado que lo sería. Pero eso eran los sueños de una chica. Como mujer, mi relación con Sebastian era mucho más de lo que nunca había soñado que pudiera ser. Y cuando mi prometido me llevó a la cama y me amó como ningún hombre lo había hecho nunca, me di cuenta de que mi vividor reformado era absolutamente perfecto.

~Fin~

NOTA DE LA AUTORA

Se estima que una de cada cuatro mujeres en edad universitaria sufrirán violaciones en una cita. Más del ochenta por ciento de las víctimas de violaciones en universidades conocen a sus agresores o están familiarizadas con ellos. Creo que son estadísticas bastante alarmantes. Puede ser una experiencia emocionalmente incapacitante y aterradora ser atacada por un hombre que conoces. Muchas mujeres se sienten demasiado avergonzadas o asustadas como para denunciar el suceso. Una violación es una violación, tanto si conoces al perpetrador, como si no. Es actividad sexual sin consentimiento.

Para evitar caer víctima, siempre establece tus límites y no te dejes intimidar ni presionar para mantener relaciones sexuales. No es no. Nunca te sientas culpable por abandonar una situación incómoda. Dile dónde vas a un amigo o amiga y con quién estás. Limita tu consumo de alcohol a una o dos copas. Nunca tomes bebidas grupales ni aceptes una bebida que te ofrezca otra persona. Si pierdes de vista tu copa, no la termines. Asegúrate de siempre llevar encima dinero para un taxi en caso de emergencia si tienes que salir rápidamente de una situación mala.

Si algo llegara a ocurrir, denúncialo de inmediato. Acude directamente a las autoridades para facilitarle a la policía el reunir pruebas. Tal vez dé miedo y sea difícil hablar de ello inmediatamente, pero es posible que eso salve a otra mujer de correr la misma desgracia en el futuro.

Por favor, no te conviertas en una estadística. Evita situaciones donde una violación durante una cita pudiera producirse fácilmente y, por favor, mantente a salvo

Besos ~ Jan

BIOGRAFÍA

J. S. Scott, "Jan", es una autora superventas de novela romántica según *New York Times, USA Today,* y *Wall Street Journal.* Es una lectora ávida de todo tipo de libros y literatura, pero la literatura romántica siempre ha sido su género preferido. Jan escribe lo que le encanta leer, autora tanto de romances contemporáneos como paranormales. Casi siempre son novelas eróticas, generalmente incluyen un macho alfa y un final feliz; ¡parece incapaz de escribirlas de ninguna otra manera! Jan vive en las bonitas Montañas Rocosas con su esposo y sus dos pastores alemanes, muy mimados, y le encanta conectar con sus lectores.

Visita mi sitio de Internet:
http://www.authorjsscott.com

Facebook:
http://www.facebook.com/authorjsscott

Facebook Español:
https://www.facebook.com/JS-Scott-Hola-844421068947883/

Me puedes mandar un Tweet:
@AuthorJSScott

Twitter Español:
@JSScott_Hola

Instagram:
https://www.instagram.com/authorj.s.scott/

Instagram Español:
https://www.instagram.com/j.s.scott.hola/

Goodreads:
https://www.goodreads.com/author/show/2777016.J_S_Scott
Recibe todas las novedades de nuevos lanzamientos, rebajas,
sorteos, inscribiéndote a nuestra hoja informativa en:
http://eepurl.com/KhsSD

OTROS LIBROS DE J. S. SCOTT

Visita mi página de Amazon España y Estados Unidos, en donde podrás conseguir todos mis libros traducidos hasta el momento.

Estados Unidos: https://www.amazon.es/J.S.-Scott/e/B007YUACRA
España: https://www.amazon.es/J.S.-Scott/e/B007YUACRA

Serie La Obsesión del Multimillonario:
La Obsesión del Multimillonario ~ Simon (Libro 1)
La colección completa en estuche
Mía Por Esta Noche, Mía Por Ahora
Mía Para Siempre, Mía Por Completo

Corazón de Multimillonario ~ Sam (Libro 2)
La Salvación Del Multimillonario ~ Max (Libro 3)
El Juego Del Multimillonario ~ Kade (Libro 4)
La Obsesión Del Multimillonario ~ Travis (Libro 5)
Multimillonario Desenmascarado ~ Jason (Libro 6)
Multimillonario Indómito ~ Tate (Libro 7)
Multimillonaria Libre ~ Chloe (Libro 8)

Serie de Los Hermanos Walker:
¡DESAHOGO! ~ Trace (Libro 1)
¡VIVIDOR! ~ Sebastian (Libro 1)

Próximamente:
Multimillonario Impertérrito ~ Zane (Libro 9)